夜不語

詭秘檔案903

Dark Fantasy File

藍鯨遊戲

夜不語 著

Kanariya 繪

CONTENTS

005 楔子
016 第一章 徐露是個網格員
027 第二章 床下的怪物
042 第三章 隱藏的惡
054 第四章 襲擊
068 第五章 一門之隔
080 第六章 就在我身旁
094 第七章 右手沒了

第八章　肉哪去了　110
第九章　快閉眼　124
第十章　等身人形 PVC 的秘密　136
第十一章　恐怖任務　152
第十二章　水中央　165
尾聲　184
後記　189

「這個世界已經容不下你了，有沒有興趣去另一個會接受你的世界？」

「另一個世界怎麼走？坐幾號車？遠嗎？」

「不遠，做十三個任務，就能到達！」

「還要做任務啊，好麻煩。難道這是遊戲？」

「對，就是一個遊戲。」

「神馬遊戲？」

「藍鯨遊戲！」

「那第一個任務是什麼？」

「去新新大廈2103號房看看，那裡住著一個肥宅，他家的等身人偶，鬧鬼了。」

楔子

這個世界上有許多許多的人，什麼人都有。李子軒不怕人，他是一個器宇軒昂、理直氣壯的恐龍恐懼者。

他怕恐龍。雖然恐龍已經滅絕了，但是他至今仍舊在懷疑這個事實。

他深深地相信，在地球的某些角落裡一定有躲過了那場滅世大災難，倖存下來的恐龍，只是沒有人發現而已！

比如他們小學班上的賈素芬、國中班上的趙鐵梅、高中班上的馬二雪。

李子軒深深地害怕著世界上這些隱藏在社會中的人形恐龍，害怕得不敢出門。哪怕是大學畢業好幾年了，仍舊待在父母的家中，躲在二次元的世界裡，靠著次元壁躲避真實世界的恐龍妹們。

一直躲避了七年。

鄰居家的小孩、住在隔壁的隔壁的老太婆、遠親的同輩都親切地叫他肥宅。可是李子軒並不認同。他現在確實是又肥又宅，但是他和普通的肥宅不一樣。他在等待著人類中的人形恐龍滅絕後，再踏出房門，一鳴驚人，成就一番大事業。

他才二十九歲，有的是耐心。

不過最近的李子軒有些不開心，因為他不久前買的一個山寨等身人偶，變得越來越不對勁兒起來。不，與其說奇怪，不如說是詭異。那等身人偶，詭異的讓他這位僅僅只怕恐龍的人，也感到毛骨悚然。

事情要從兩個多禮拜前說起。李子軒很喜歡的一部新番結束了，這傢伙意猶未盡，跑到購物網站想買人形 PVC。

但是正版人形 PVC 都太貴了，他瞅了瞅自己從父母身上要來的零用錢，忍不住嘆了口氣。好一點的等比例人形 PVC 要幾千塊。

李子軒很失望，看著那喜歡動畫中的角色，蕾姆等身人形 PVC 的照片吞口水。就在這時，他彷彿看到了什麼不可思議的事情，整個人都愣住了。

只見網頁上，一家網路商店赫然出現在眼前。這間網路商店其貌不揚，但是價格實惠。古怪的是，雖然人形 PVC 價格確實便宜，可成交量卻不高。信用度也低。

「蕾姆的等身人形 PVC，竟然只要三千塊！」李子軒被低價徹底吸引住了，他輕點滑鼠，進入了人形 PVC 的購買頁面。

「蕾姆等身人形 PVC，手工測量，大約一百五十公分。外皮是光滑的萊卡材質，內填充聚氨酯海綿以及棉花等柔軟物體。摸上去有真人的觸感。身體內部由輕鋁骨骼支撐，所有關節均可移動。」

產品照片中，蕾姆的模樣惟妙惟肖，彷彿真的似的。李子軒興奮起來。

買，必須買！才三千塊而已。雖然外皮用的是萊卡材質比矽膠便宜很多，可是同樣的材質同樣的商品，別的店至少也要賣一萬五以上。但，這家才賣三千，會不會有問題？

李子軒雖然宅，但他可不傻。

他私信店家，頓時恍然大悟。原來蕾姆人形 PVC 之所以便宜，因為是二手貨。賣家保證沒有任何瑕疵後，他才付了款。

等待了幾天，貨終於到了。由於是大件貨物，物流不送貨上門。李子軒特別讓老爸去幫他載回來。那天，他破例將房間門大開，燈光全亮，迎接心目中女神的人形 PVC 被爸爸抬進去。

老爸剛將巨大的快遞紙箱放在地上，還沒來得及說他兩句，李子軒就把他趕出了門。關好門，拆開箱子，蕾姆的人形 PVC 在大亮的燈光中展露無餘。

李子軒再次大喜。等身人形 PVC 的做工非常完美，蕾姆的藍色短髮，淺黃色皮膚全都和動畫中一模一樣。甚至湊近了，還能聞到一股淡淡的香味。

那股香味，應該是用來掩飾萊卡布料以及內部填充物異味的香水味。

他很喜歡這個人偶：「從今天開始，妳就是我的新老婆了。」

李子軒將床上其他動漫人物的抱枕丟開，把蕾姆的人形 PVC 擺好姿勢，放在床上。

接下來的好幾天，他和人形 PVC 度過了美好的時間。一起吃飯、一起睡覺、一起聊天、一起玩遊戲。

當他發覺玩偶開始有些不太對勁兒的時候，已經是收到人形 PVC 的四天後。

那天，李子軒玩網路遊戲玩到凌晨兩點才睡。他碩大的身體抱著蕾姆人形 PVC 打了個哈欠，一沾著枕頭就睡著了。

突然，他因感受到一股窺視感而驚醒過來，似乎有什麼東西一直在看著他。都說胖子的內心隱藏著一顆纖細的心，所以第六感比一般人都靈敏。這或許是對的。

李子軒猛地睜開了眼睛，眼球在眼眶裡骨碌碌轉動著。房間漆黑，只有些許從窗簾外灑入的月光，照亮房內。當眼睛從睡意裡逐漸清醒，適應了黑暗後，他仍舊沒有發現窺視自己的，究竟是什麼？

但那股被偷窺的感覺，濃濃地，難散。

門鎖好了，窗戶也反鎖著。這裡是二十一樓，不可能有小偷翻牆跑進來。可到底是什麼，在看他？

他被看得心裡毛毛的，那完全不清楚來源的視線，怎麼也不像是人類的目光。

房間內，月光透過窗簾沒有合攏的縫隙，投影出一條明亮細長的線。略帶著一絲紅。月色形成的線，從電腦桌上開始延伸，落在地板上、落在椅子上，最後落在了李子軒的嘴巴上。

蕾姆的等身人偶在他背後，緊緊地貼著他。最近幾天的春城，仲夏的夜比較涼快，所以不用開空調。李子軒感覺人偶表面的萊卡布料涼涼的、軟軟的，挨著自己裸露的皮膚時，比平時更加舒服。

他眨巴了下眼睛，下意識地翻了個身。月光也落在了人偶的臉上，李子軒看著人偶閉目的模樣，輕輕地揉了揉它的腦袋。

就在他翻身後，窺視的視線，消失了。李子軒的睏意襲來，他沒有多想，準備繼續睡覺。可就在這時，這傢伙彷彿意識到了什麼，快合攏的眼睛頓時又再次睜開了。睜得渾圓，神色裡竟有一絲恐懼。

蕾姆的等身人偶的眼睛不是真的，而是畫在萊卡布料上的。這種畫上去的眼睛，怎麼可能閉上？

他頭皮發麻，後脖子爬上一股寒意。

可他心裡發毛的再看時，月光下，等身人偶的眼睛分明是睜開的。圓圓的大眼睛，畫的炯炯有神。就和平時一樣，並沒有什麼值得奇怪的地方。

「是我看錯了？」李子軒冷靜了下來，他好歹也是大學生。用科學的角度分析了片刻後，覺著自己應該是受到月光的干擾，而萊卡布料又會反光，所以才會造成玩偶閉眼的假象。

他實在太睏了，將這件事放下後，再次熟睡。在閉眼的一瞬間，李子軒彷彿看到玩偶的眼睛又閉上了。

月光爬上了玩偶的眼，不知是不是錯覺，玩偶表面的萊卡布料亮堂堂的。不像是在反光，反而像是在吸收著月光。

當晚的月光有些紅。

那晚，李子軒翻來覆去地作著噩夢。這胖子很少作夢，更不要說噩夢了。所以當他起床後，出了一身冷汗，跑到浴室洗漱的時候，自己糟糕的臉色甚至還嚇了他一大跳。

李子軒面色蒼白，眼眶上有兩個濃濃的黑眼圈。整個人像個胖乎乎的鬼。

「見鬼，我這是怎麼了？」他摸了摸自己的臉，搖頭：「該不會是熬夜太多，皮膚變糟了？不行不行，就算是宅，我也要努力做一個健康的胖子。不然以後等恐龍死光了，沒有健康的身體，怎麼能成就一番大事業！」

這傢伙還挺會自我催眠的，將自己不出門找工作的恐龍恐懼症藉口當真了。

胖子洗了把臉，還特意敷了一片面膜。從門口將老媽準備好的早餐拿進來，幾口吃了就打開電腦看動畫。

等身人偶仍舊躺在床上，李子軒看著人偶，總覺得今天的蕾姆人偶特別漂亮。就連表面的萊卡布料都泛著光澤。他沒在意，照例將玩偶拿起來，擺好坐姿放在自己身旁的椅子上，裝作它真的是自己女友的模樣。

胖子有滋有味地看了一整天的動畫，早晨要做個健康人的誓言完全忘到了九霄雲外。又是凌晨兩點鐘才睡。他抱著等身人偶躺下，突然有些驚訝。

原本人偶表面的布料摸起來有一種絲襪感，而且由於內部填充物是海綿等，所以彈性雖然有，但很死。可今天這玩偶抱著，卻有一種隔著絲襪摸大腿的錯覺。內部彈性，也變得極有肉感。

李子軒忍不住多摸了幾下，果然比平時有彈性多了。奇怪，熬夜熬多了，人的觸覺也會受到影響？

他雖然奇怪，但扛不住越來越濃的睡意，睡著了。

隔夜，胖子仍舊是在一股窺視感的惡寒中被驚醒的！

有什麼在盯著他。

李子軒能清楚的感覺到，那一眨不眨盯著他的視線中，帶著狠厲以及強烈的負面情緒。胖子立刻睜開眼睛，迎著視線的方向望去。

一看之下，他倒抽了口涼氣。

從窗簾的縫隙裡露出了一絲月光，月光下，自己的電腦椅子上坐著一個人。那人的影子被月光拉長，背著光，用直勾勾的雙眼看著他。

李子軒嚇得一下子就坐了起來，他不停地喘著粗氣，心臟幾乎要跳出了胸腔。他的手一摸，沒有摸到躺在身旁的等身人偶軟乎乎的身軀。

他的腦子發麻，瞪大的眼好不容易才看清，那發毛的視線竟然是從玩偶的眼睛裡射出來的。

邪氣的紅色的光。

胖子這才發現，你妹妹的，自己的人偶怎麼跑到電腦椅上坐著了。他什麼時候把玩偶丟到椅子上去的？

李子軒哆哆嗦嗦地想要下床，剛移開視線，玩偶雙眼的紅光已經不見了。剛剛那詭異的模樣，彷彿只是一場幻覺罷了。甚至胖子都搞不清楚，現在自己到底是不是在作夢。

胖子用力咬了咬自己的手，有點痛。不是夢！那剛剛是怎麼回事？他眨巴了幾下眼睛，徹底清醒了。

不對勁！肯定不對勁兒。胖子他宅雖然宅，可又不是沒常識。如果現在他還察覺不出來這玩偶有些奇怪，就白活那麼二十多年了。

他打開燈，上上下下觀察起玩偶來。胖子非常確定，今晚他是抱著玩偶睡的，睡覺時，等身人偶就在床上靠牆的位置。

打開燈。燈光下，藍色短髮的人偶正常地擺著坐姿，低著腦袋，雙眼大大的。和平常沒什麼兩樣。

胖子有些不太敢動坐在椅子上的玩偶，他繞著玩偶轉了幾圈，一咬牙，用腳尖小心翼翼地將電腦椅踢開。

椅子的四個輪子發出難聽的摩擦聲，輕輕滾到對面的角落裡，撞在了牆上。撞擊讓等身玩偶的身軀微微動彈了一下，腦袋耷拉下去。

這頓時觸動了胖子的神經，他嚇得往後退了好幾步。見玩偶沒有任何聲息後，這才抹了一把額頭上的冷汗，放下心來。

左思右想下，胖子驚疑不定。他至今還是沒搞清楚，剛剛到底是不是自己的幻覺。作為死宅，他只能藉著網路向外界求助。

在各種二次元論壇以及搜索網站上查了一番，倒是查到了許許多多真真假假類似都市怪談的，娃娃活了的鬼故事和所謂的親身經歷。可是，對胖子而言沒有任何的借鑑意義。

不行。總歸要搞清楚自己買的二手玩偶有問題，還是他自己宅出精神問題了。想來想去，胖子的視線落在了自己的電腦攝影機上！

這玩意能插 TF 卡獨自運作，畫面會儲存在記憶體卡上，非常方便。類似的攝影機胖子還有好幾個，他盤算了一下，覺得應該沒問題。

總之也睡不著了，李子軒乾脆起床佈置起監視裝置。四個鏡頭擺在四面牆的中央，僅僅只有十幾平方公尺的房間毫無死角。

「房間裡發生的一舉一動，老子都能看清楚。老子太聰明了。」他得意起來，泡了一碗泡麵吃。

還是深夜，肚子飽了就犯睏。他的眼皮沒多久便打起架，不知不覺就睡著了。

清晨的第一縷陽光透過窗簾射進來。胖子不喜歡太陽，因為他根本就不愛外邊的世界。他用左手撐起身體，突然一股軟軟的觸感流淌在五根指頭上。

他的手，彷彿按在了某種柔軟的物體上。那物體的感覺，在胖子為數不多的記憶中竟然有對應的影響。

胖子可不是處男。他在大學附近的網咖流連時，有好幾次，對學校邊上小巷子裡那些穿著暴露，到午夜都無家可歸的可憐女人產生了同情心。施捨了她們幾百塊錢，那些女人們非要拖他到自己昏暗的只有一張床的小屋子裡坐坐……

總之，胖子對女性身體的有限的幾次經驗，就是從那些可憐孤獨的女人身上來的。這一次不同，這一次明明是在自己的家中，自己的床上。

可是他的手，卻摸在了一隻女人的胸脯上。這他媽的是怎麼回事？

李子軒驚訝地轉頭，望向身下。

昨晚深夜被他踢到牆角的等身玩偶，竟然回到了自己的床上。他的手按在等身人偶的胸口。明明只是個玩偶而已，胸脯卻肉肉的很有彈性。像極了真正女人的胸。

可愛的等身人偶擺出甜甜睡覺的模樣，萊卡材料的皮膚本來是朦朧的，可在日光下卻反射出一股真正人類的乳白色皮膚才有的光澤！

美麗的二次元臉龐盡顯溫柔。可是這一刻，胖子感受不到一絲一毫摸到了絕美雌性生物的喜悅。

他的腦子暖暖的，一股恐懼在內心中醞釀。他彷彿覺得自己摸到了一條被獻祭的死豬的肉，觸電般驚慌失措地收回了手。

他忙不迭地從床上滾下去，就連摔在地上的痛楚也沒察覺。

他瘋狂地呼吸著，氣息凌亂。

他連滾帶爬的將四台攝影機的儲存卡拿出來，準備看看昨晚自己的房間究竟發生了什麼事。

沒看多久，胖子冷汗如雨下，瞪著牛般的大眼，險些嚇得暈過去。

自己買的玩偶，真他媽的鬧鬼了！

第一章 徐露是個網格員

張愛玲曾說過：我們能從櫥櫃的倒影中，看見自己的臉，蒼白，渺小，我們的自私與空虛，我們恬不知恥的愚蠢。誰都像我們一樣，然而我們每個人都是孤獨的。

沒錯，我們都是孤獨的。哪怕城市越來越大，周圍住的人越來越擁擠。我們從植物叢林裡來到了鋼筋水泥的大廈森林，我們任憑時代的洪流將自己越沖越遠而完全不曉得自救。

我們，越來越孤獨。

大學後的我們，走上工作崗位的我們，越來越交不到朋友。最後走到最後的朋友，最終還是大學時、高中時、甚至小學時的那一批人。

沈科和徐露，都是我的朋友。高中時代起，就是我的好友。至今也是如此。我的朋友不多，幾個，也就夠了。

自己的兩個好友突然結婚了，我是什麼感覺？突然生小寶寶了，我是什麼感覺？突然來了一通電話，什麼也不說，就向我求救，自己是什麼感覺？

那種感覺，其實有些複雜，甚至冷靜如我，還是會在他們經歷各種人生大事的一瞬間，有一絲慌亂。因為我的人生，仍舊是亂七八糟的。

我是夜不語，按照慣例，還是先自我介紹一下吧。我是一個有著奇怪名字，老是會遭遇奇詭事件的憂鬱男子。本職是研習博物學的死大學生，實則經常曠課，替一家總部位於加拿大的某個小城市，老闆叫楊俊飛的死大叔打工的偵探社社員。

這家偵探社以某種我到現在還不太清楚的宗旨和企業文化構成，四處收集著擁有超自然力量的物品。

我承認最近自己過得依舊很不太平，不過沈科突如其來的一通求救電話，直接讓我不太平人生的不太平指數翻倍了。

六月十六日時，自己就曾接到沈科打來的電話。他說自己的房子鬧鬼了。我當時就跑去看過，沈科住的是一棟老舊房子的二樓，家裡沒人。所以是他一個人接待我的。

「你說你家鬧鬼了？」我環顧了四周兩眼，他的家大約一百二十平方尺，三房兩廳兩衛的格局。房齡可能在二十年左右。都說老房子經歷過的多，住的人一批換了一批，最後會擁有自己的記憶。

我覺得這純粹是瞎扯淡。至少，自己並沒有在他家看出什麼問題來。

而且沈科接下來的行動，也否定了他自己的那通求救電話。他訕笑著，拿出一手啤酒，擺在桌子上。兀自打開了一瓶，對我指了指對面的沙發說：「坐。」

「坐你妹。」我眯著眼睛看他：「你該不會單純只是騙我過來喝酒吧？」

沈科笑得有些犯賤：「今天被上司罵了，你這傢伙經常天南地北的到處跑，不好約。就找了個緣由，陪陪我喝一點。老子在單位裡受的氣，現在還沒喘出來呢。」

那天我陪他喝了好些酒，快到吃晚飯的時候自己才因為某件事急匆匆的離開。

時間的流逝很快，一晃七月過去。

八月一日，有雨，小雨。天氣仍舊是那麼炎熱，雨滴落下來，潤濕了地面，被地上的熱氣一蒸騰，讓整雙腳都像是踩在悶死人的熱水中。令人非常的不舒服。

我剛下飛機就接到了沈科的電話。

「喂，老夜，你在春城嗎？」他在電話那頭的聲音，有些混亂。

「怎麼，又想找我喝酒了？」我調侃道。

「我找你救命啊。老子家裡鬧鬼了！」沈科吼道，語氣裡壓抑不住的恐懼。

「又來了，找我喝酒就明說。」我繼續調侃他。

「這次是真的！」

我沉默了一下：「怎麼個鬧鬼法？」

「在電話裡說不清楚。你到我家來一趟。不，不不，不是上次那個地址。我已經搬家了，過不下去了。在外邊租了一間房子！」沈科吐出了一個位址：「你在春城的話，就立刻馬上以最快的速度趕過來。」

說到這，他加了一句：「來晚了。恐怕就再也見不到我們夫妻倆和你侄兒了！」

沈科有些迷信，他很少說這種重話。我本能地從他的語氣裡嗅出了強烈的不祥氣息，感覺事態嚴重。自己立刻放下手裡的事，當天下午就趕去了他說的地址。

雨下個不停，猶如預感到了什麼般，露出了個大洞。瓢潑大雨從漏洞裡撲下來，將整個城市都淹沒了。

春城，淹沒在一股陰冷中。我抬頭，看到的全是黑壓壓的雲層，以及無處可逃的暴雨。

雨水一刷，城市終於，涼了。

自己到了沈科一家租住的位置，看了幾眼，很是詫異。因為這地方，我熟。在上一個事件解決前，我曾經陷入六月十五日無限輪迴的一天當中。為了探索時間為什麼會重置，我透過仲介租了一間破破爛爛看起來就像是鬼屋的屋子。

無巧不成書，沈科租的地方，就跟那間我認為是鬼屋的房子同社區。

這社區裡所有房子的屋齡，比沈科家更老。斑駁的牆皮半脫落的垂掉在外牆上，牆壁不時能看到修補的痕跡。幾乎沒有物業管理，社區的幾個大門只聘請了兩個七老八十的老頭。老頭坐在警衛室，低著腦袋正在睡覺。

我在這個社區裡雖然只住過一天，但是那一天，重複了超過二十次。所以對社區裡的一切，自己清楚得很。

熟門熟路地看著樓牌號，自己敲響了六棟 606 房的門。

「來了。」沒敲幾下，裡邊的一個熟悉的聲音對外喊著。在開門前還用貓眼確認了一下：「老夜，你可來了。」

沈科激動地眼淚汪汪，想要給我一個熊抱。被我毫不領情地躲開了。

「進來，快進來。我們一家子好幾天沒有睡過安穩覺，太難受了。」他臉上的黑眼圈很濃，看來失眠確實很嚴重。

我環顧了四周幾眼。這間出租房和他家的格局差不多，也是三房兩廳。但是擺設很簡陋，白色的牆面發黑，甚至有些地方因為長期漏水而出現了黴斑。

見我在打量房間，沈科尷尬地笑了笑：「住的有些差，讓你見笑了。我們一家子逃得太急了，什麼也沒有拿。現金和金融卡都放在那個家。現在不敢回去，只能找朋友借點錢，租了這間便宜的房子臨時住著。換洗衣服都還沒買呢。」

「你什麼時候搬來的？」我問。

沈科點燃一根香菸。客廳沒有茶几，只有幾張廉價的塑膠板凳。他在其中一個塑膠板凳上放了一個菸灰缸，菸灰缸中全是抽過的煙頭。

他抽菸的手，在發抖。顯然前幾日的經歷，讓他至今心有餘悸，嚇得不輕。

「究竟發生了什麼事？」我又問。

他嘆了口氣：「哎，一言難盡啊。」

沈科和徐露高中時就開始「狼狽為奸」，公然挑釁學校和家庭禁止戀愛的規定混在了一起，當了一對姦夫淫婦。在某種意義上，他們倆是真正意義上的人生贏家。

現在我的博物學博士論文答辯快完了，人家小孩也已經三歲了。人生如白駒過隙，快得令人懷疑人生。

沈科大學畢業後就到一家普通的公司上班，薪水也很普通。作為沈家大宅的繼承人，他卻無法將沈家的宅子賣了變現。這位隱藏版的大地主，至今也仍舊財力平平，經常在還繳房貸時陷入財務困境。

而徐露因為要就近帶小孩，所以選擇在臨近社區工作。最近工作加重了，徐露的上司要她在工作之餘，還要當一名社區的網格員。

而一切的開端，壞就壞在徐露當網格員的這件事上！

至少沈科兩夫妻怎麼想，都認為自己一不偷二不盜，只是一家三口平凡的善良城市居民罷了。還遠離那個災星夜不語那麼遠，這輩子不可能再遇到詭異的事情。

直到，七月十五日那一天！

徐露工作的社區是爛棺社區。而所謂的社區網格員，是指在一個社區的社區網格化管理組織中承擔具體任務的工作人員。他們可以是領導幹部、社區負責人、社區一般工作人員、教師、醫生、員警等。

城市網格化管理，是將城市管理轄區按照一定的標準劃分成為單元網格。通過加強對單元網格的巡查，建立一種監督和處置互相分離的管理與服務模式。為了達到能夠主動發現問題，及時處理問題，加強政府對城市的管理能力和處理速度，將問題解決在居民投訴之前。

所以，徐露為了能夠與自己管理的網格中的居民保持聯繫，經常會去拜訪附近的孤寡老人以及困難家庭。

她管轄的區域，大約有一平方公里。聽起來挺大的，其實也就只有三個相連的老小區而已。共六百二十四戶，一千多人。

網格員的工作非常繁瑣，而且徐露每天要等自己的本份工作做完後才能去幹網格員的額外工作。所以工作量很大，但是兩份工作得到的津貼很少。徐露剛開始還有些不太願意，可幹著幹著，也熱心起來。

畢竟，社區工作同樣繁瑣細碎，接觸的人也參差不齊。她可以藉口網格員需要每天巡邏，臨時走出去透透氣。

那一天，徐露險些跟一個來社區辦事的男子吵起來。男子兇巴巴的，明明跟他解釋了許多次，他根本就不聽，非得要徐露跟她走一趟。她當然不敢離開，男子一巴掌拍在桌子上，桌面都快要被拍爛了。

同事見情況不對，連忙叫了社區保安過來將罵罵咧咧不停的男子拖走。委屈的徐露眼淚一直在眼眶裡轉個不停。她從小到大可從沒有受過這種氣。於是徐露帶著網格員的牌子，換了衣服，走出社區辦公室透氣去了。

「真夠氣的。」徐露想罵髒話，她在街道上深呼吸著：「真想辭職算了，受這種氣，錢又不多。」

類似的話，她在一年多的社區工作裡不知道說了多少次。最終她都留了下來。不是什麼偉大的夢想或者為人們服務啥的崇高精神。只因為兒子的學校就在附近，社區工作彈性時間很多，最差也能按時下班去接孩子。

現在的春城可不景氣，能找到儘量可以照顧孩子的工作，很不容易。對於大多數普通人而言，生活沒有詩和遠方，只有苟且。

再轟轟烈烈的愛情，在生活的苟且、孩子的苦惱以及柴米油鹽中，都僅會剩下妥協一途。

徐露擦著眼淚，眼眶紅紅的。當她來到爛棺社區前，便已經將自己的情緒整理好了。人都是堅強的，特別是有了孩子後。內心的堅韌會成倍的增長，至少徐露一路走來，早就覺得自己成了鐵娘子，誰都打不倒。

不過這位鐵娘子絕對沒有想到，從今天開始，那一件足夠打垮她、打垮她的丈夫、打垮他們全家的詭異事情，將會發生！

進入爛棺社區不久，徐露一如往常地巡視。網格員的工作說起來簡單，可辦起來很麻煩。需要工作人員有一定的敏感度、會發現尋常中的不尋常、盤查突然出現的陌生人，以及一些推測能力。

從高中時代就跟我一起混過來的徐露，是個細心的人。

她一邊巡查，一邊檢查路燈、垃圾桶等等公共設施，還有衛生的維護情況。走沒多久，徐露突然停下腳步。

只見不遠處，爛棺社區二棟一樓的徐婆婆正在樓前的綠化帶上轉來轉去。徐婆早年喪偶，只有一個兒子，遠在國外。附近沒什麼親戚，許多年都是獨自一個人過活。最愛幹的事情就是將周圍的公共綠化帶用撿來的樹枝和繩子圍起來，種蔬菜。

徐露說過她好幾次，還好徐婆每次被說了都會將圍欄拆掉。

「徐婆婆，妳在幹嘛？」徐露走上前問。

徐婆頭沒有抬一下，也不看她。仍舊踩在綠化帶的草坪上，腦袋低下去，一邊轉圈，一邊做出正在仔細聽什麼的模樣。

「徐婆婆！」徐露大聲了一些。對這個徐婆，作為同樣是徐姓，這幾百年前的本家孤獨老人，她很照顧。

「喔，哦哦哦。小徐啊，妳今天又來巡邏了。」徐婆好不容易才聽到徐露的喊聲，她依然沒有停下腳步，繼續轉著圈。只是抽空瞅了她一眼，接著就迅速低下了頭。

「徐婆婆，妳在幹什麼？」

「喔喔，妳問我在幹什麼啊。沒啥，瞎轉著呢。」徐婆臉色有些凝重，顯然是在說假話。

徐露皺了皺眉，她發現徐婆的行為有些怪。一直繞著圈不說，繞圈子踩下的地方也很特殊。每一步，都踩在上一步的腳印上。將草坪都踩出了一個圓來。很正很正的圓，如果從上往下看，那圓整齊地如同圓規畫上去似的。

「要吃午飯了，徐婆婆您早點回去吧，別瞎轉了。」雖然覺得怪，可人家溜圈徐露也管不著，就準備繼續往前走。

剛邁開腿，徐婆將她叫住了。

「小徐，對了對了。妳不是要我有什麼情況，都跟妳說說嗎？」徐婆像是想起了什麼，說道：「我樓上新搬進來了一戶人家。」

「您樓上又換人了啊？」徐露有些驚訝。徐婆住在一樓，她樓上的房間最近似乎換房客換得特別頻繁。自己才當了一個多月的網格員，就已經換了三批人。這可有些不尋常！

「前面搬進來的人吵得很，這一家很安靜，不會吵到我。」徐婆似乎很滿意：「不吵，挺好的。」

「那我今明兩天去您家樓上的新鄰居家裡拜訪一下。」徐露沒將這件事放心上。網格員有一項重要的工作，就是對網格內的所有固定以及流動居民建檔，有新人住進來，她有責任去看看。

「還有還有，小徐啊。」徐露再次準備離開，徐婆又叫住了她。

「小徐啊，妳有沒有聽見什麼聲音？」徐婆指著自己跟前說。

徐露眨巴了下眼睛：「啊，我沒聽到啊。徐婆婆妳有聽到什麼怪聲音嗎？」

「有，有啊。」徐婆用瘦瘦的下巴點了點，自己走出的圓圈的最中央：「小徐，妳仔細聽，地下有傳來細細的叫聲，像是死貓死狗被埋進去了。」

綠化帶上，徐婆用腳將草踩下去，形成了一個直徑約三公尺的圈。圈中完好無損的草在風中微微晃動，每一片葉子都在努力吸收陽光。原本翠綠翠綠的喜人顏色，卻被徐婆陰森森的聲音，說得有些詭異起來。

徐露認真地走上前聽了一陣子，除了微風聲，她什麼也沒有聽見。

「沒聲音啊，徐婆婆。」她搖頭。

徐婆有些急了，乾枯的手一把抓在徐露胳膊上，抓得她生痛：「妳聽好了小徐，那聲音就是從中間那個洞傳出來的。」

徐露再看了一眼，綠草地裡平平整整，哪有什麼洞。

好說歹說才將徐婆安撫好，送回了家。徐露繞著爛棺社區走了一圈後，今天的網格員工作算結束了。

回家接娃娃做飯，第二天的工作重複開始。

下午三點，當她再次來到社區二棟一單元樓下的時候，眼前的景象讓她倒吸了一口涼氣。

第二章 床下的怪物

社區工作已經很麻煩了，至於網格員的工作，由於是直接接觸，遇到的可不止是瑣碎難管理的問題。每一天每一天，在這城市最底層居住的人，都會找許多古怪的翻著花樣的麻煩來給你爛攤子收。

例如，現在已經完全傻眼的徐露。

爛棺社區二棟一單元，徐婆家門口的綠化帶上。不知何時出現了一個用一人高的爛樹枝以及被太陽曬得殘破不堪的塑膠薄膜圈起來的分隔區域。

陽光下，公共綠化帶被圈了起來，顯得極為唐突。

徐露一腦門子的汗，她連忙就近抓住了一個路過的行人問：「張叔，這個圍欄是誰修的啊。昨天還沒有呢！」

「徐婆撒，從昨天她就神神鬼鬼的一邊唸叨，一邊到處撿垃圾。」張叔用帶著濃烈的地方化口音說著：「妳看那塊塑膠，在我家附近都堆幾年了。被她撿了。」

「徐婆在幹嘛啊？」徐露皺眉。

「蝦子知道。」張叔搖頭離開了。

老舊社區裡住的大部分是老年人，雖然是知根知底，但是由於年齡大了今天還是挺正常的一個人誰知道明天會不會老年癡呆。所以大部分老年人對別人的生活，其實並不太在意。

徐露嘆了口氣，別人能不管，但她得管啊。職責所在。

她往前走了幾步觀察著圍欄隔斷。沒多久她就發現了一個問題。這圍欄的大小以及形狀，和徐婆昨天轉的圈一模一樣。

徐露繞著圍欄走了幾圈，表層的塑膠薄膜雖然骯髒，但依然有原本透明的特性。這麼大熱天，越靠近圍欄，她越覺得有一股陰冷的涼氣撲面而來。

不知為何，內心湧上了一股不祥的感覺。

她試圖朝裡邊望，突然，一個黑乎乎的影子嚇了她一大跳。

「露娃兒，妳在看啥哈？」徐婆不知從哪裡冒了出來，陰惻惻地來了這麼一句。

「徐婆！」徐露嚇得不輕，心臟撲通撲通地直跳。她惱怒道：「徐婆，我已經說過多少次了，公共綠化帶不能隨便佔用。這圍欄是妳弄的吧？」

「是我弄的，我這是為了街坊鄰居好。」徐婆神色有些古怪。

「妳佔用了公共資源還說是為鄰居好。」徐露有些不知道該說什麼了，她壓住怒火，用儘量平靜的語氣說：「徐婆，按照規定，這個圍欄肯定是要拆的。我先照個相，等一下讓社區管理處派人來拆掉。」

「使不得，使不得。」徐婆緊張地扯著徐露的衣服：「那底下有東西！」

「什麼東西？」徐露隨口問了一句。

「不曉得。」徐婆支支吾吾的，「昨天那個洞裡發出的聲音像是死掉的小貓小狗。今天，就變成了嬰兒的哭聲了。妳聽，妳仔細聽。現在那嬰兒都還在哭個不停呢。」

徐露被她的話弄得有些發冷，她側耳朝圍欄裡仔細聽了一會兒，什麼也沒有聽到。她覺得自己像個傻瓜，又被老人給耍了。

她退後幾步，用網格員專用的手機照了相，將這件事報了上去。

徐婆知道圍欄肯定要被拆了，又拉住了徐露：「徐娃子啊，別派人來了。老婆子我自己拆。」

徐露見她苦苦哀求的模樣，心一軟點了頭：「行，徐婆婆，今天一定要拆掉啊。不然我會被記過的。」

「放心放心，我今天就拆。」徐婆連忙點頭。

徐露斜著眼睛看了那個圍欄一眼，有些不想在這地方久待。正準備離開，又被徐婆叫住了。

「小徐啊，我樓上新搬來的鄰居安靜了幾天，昨晚又開始鬧騰了。妳替我去說說，讓他們安靜些。」徐婆抱怨道：「一整晚老是在我頭頂一跳一跳的，我人老了，睡眠不好。經不起這種折騰哈。」

「好的，我去替妳說說。」徐露想了一下，徐婆樓上新搬來的那家人自己還沒有去拜訪過，不如今天就去一趟吧。

她見徐婆鑽進了圍欄裡，晃眼間，徐婆灰色的身影透過塑膠薄膜映在自己的眼球上。不知是不是錯覺，那影子彷彿變了成兩個。不，好幾個。許多個小小的猶如嬰兒的影子圍著徐婆佝僂的身軀在玩轉圈遊戲。

徐露大驚，剛想走過去看個究竟，可一眨眼的功夫，嬰兒突然消失得無影無蹤，圍欄裡變得再正常不過。遠遠傳來圍欄中徐婆咳嗽的聲音，響又悶聲悶氣。彷彿剛剛看到的一切，不過是幻覺而已。

「最近我是不是太累了？」她揉了揉太陽穴，順著樓梯朝二棟一單元的二樓走去。敲了敲一單元 202 號的房門，沒有人應門。只殘留下她敲門聲音的回響。

「有沒有人？」她一邊敲一邊喊了幾聲。仍舊沒人回應。

徐露皺了皺眉，眼睛湊到貓眼上準備瞅瞅裡邊的情況。貓眼裡黑漆漆的，什麼也看不到

「貓眼被堵住了？」正在她抬頭準備移開視線時，突然眼前的黑暗變明亮了，貓眼對面有光傳遞進視野中。

徐露又被嚇了一大跳。被堵住的貓眼不可能平白無故透光，除非是剛剛有人故意將貓眼堵上了。還是說，她在往裡邊看的時候，裡邊的人也在往外邊看？無論如何，這證明裡邊明明是有人的，但屋裡的人為什麼保持沉默？為什麼不回應她？

難道遇到了危險？

徐露不敢輕舉妄動了，她猶豫了一下，撥了202號房的房東電話。這間房子的房東也是個老人家，年齡大了，爬不動樓了，去年被兒女從爛棺社區接走。房子一直都在出租中。

接電話的是屋主的女兒。

「喂，周女士。我是爛棺社區的網格員，冒昧地問一下，妳家的房子現在租給誰啊？」徐露問。

房主愣了愣：「奇怪了，我那間房子還沒有租出去。」

「沒租出去？」徐露心裡一冷：「可是妳家屋子裡明明有人在！」

房主也嚇到了，「不可能吧。誰佔了我家屋子！徐小姐，我現在人在外地暫時沒辦法回來，麻煩妳找個開鎖匠開門，替我進去看看。如果真有人住了我屋子，幫我先報警吧。」

「好的。」徐露掛斷了電話，守在門口又敲了一陣門。裡邊仍舊空寂無聲，無人應門。

「不會真的有問題吧？」徐露的腦子裡閃過了社區裡訂閱的《法制》上經常刊登的案例，例如長久空屋子被人佔用來製毒、關押被拐賣的女性……等等。

這種可怕的犯罪，不會真的出現在她的管轄區域中吧？老舊社區，原本就容易藏汙納垢，不得不謹慎。

徐露向社區管理處回報，管理處派來了兩個協警和一個開鎖匠。202的房門一打開，一股封閉空間特有的黴臭味撲面而來。屋裡空蕩蕩的，什麼東西也沒有。

協警順著屋子繞了一圈，更是什麼也沒有發現。

徐露也小心翼翼地走進了屋子中，緩慢地打量起來。這是間兩房一廳的屋子，每扇窗戶外都裝了焊死的防盜窗。沒有任何家具，打掃的也還算乾淨。陽光從窗外擠進來，反而顯得有些陰森。

走遍了所有房間，她一個鬼影都沒有找到。徐露有些毛骨悚然。這是怎麼回事？屋子基本上是密室，除了大門外，沒有任何可以出入的地方。她一直都在門口守著，如果屋裡真有人，應該會被堵在裡邊才對。

屋裡的人哪兒去了？還是說，根本就沒有別人，從來都沒有過。剛才自己疑神疑鬼看錯了？

徐露整個人都暈乎乎的，她向主管請了假，提早回家。

十七日，當她開始網格員巡查時，徐婆家門前綠化帶上的圍欄不但沒有拆，反而更加厚實了。裡三層外三層的用大量垃圾堆成了一個圓圈。圍欄上還掛著許多白色的墳飄，看得人不寒而慄。

徐露氣急了，她感覺自己的耐心完全被消耗一空。拿出手機拍照存證後，管理處很快派人來將圍欄清理掉。

她站在一邊看著，當清理到最裡層時，徐婆拖著一大堆垃圾回來了。她見有人在拆她的圍欄，尖叫著用乾瘦的手敲工作人員的腦袋。

「誰叫你們拆了，你們闖禍了知不知道。」徐婆全身都在發抖：「裡邊有東西，我必須要把它堵住，它們才不會逃出來。你們闖禍了，你們闖了大禍了！」

工作人員看了徐露一眼，示意她去安撫徐婆。

徐露走上前將徐婆拉到了一邊，解釋道：「徐婆婆，公共綠化帶不能侵佔。昨天妳不是答應我，要自己把圍欄拆掉嗎？」

徐婆的臉色陰晴不定，說話也不清不楚：「我想要拆，可是老婆子錯了，錯了。那洞底下有東西！咱們絕對不能讓它們出來。」

說話間，工作人員已經把剩下的圍欄都拆除了。圍欄裡的東西露了出來，除了微微下陷的青草地外，什麼也沒有。沒有徐婆口中的洞，同樣也沒有想逃出來的神秘「它們」。

「徐婆妳看，地上什麼也沒有啊。您老是不是最近睡不好，想兒子了？」徐露輕聲道：「要不這樣，我晚上跟您兒子聯絡一下，讓他接您老去國外住一陣子。」

徐婆沒有說話，只是用渾濁的眼珠子一眨不眨地看著那塊茂密的青草地。直勾勾的眼神，讓徐露非常不舒服。

「徐婆，太陽大了，別在戶外待太久。今年天氣怪著呢。我先走了。」徐露隨口吩咐了一句後，離開了。

徐婆仍舊站在原地一動不動。等她轉身往前走沒多久，剛剛還發呆的徐婆突然轉頭看了徐露的背影一眼，就這一眼，她似乎看到了什麼令自己驚駭的東西，臉色大變。徐婆顫抖著，手不知在身上摸著什麼，然後偷偷跟在了徐露的身後。

「小徐。」她從背後輕聲喊了徐露一聲。

「哎。」徐露下意識的回答道，剛回頭，就覺得有一個黑乎乎的東西罩在了自己的頭上。那東西散發著臭烘烘的老人的屎尿腐臭。她嚇了一跳，大口呼吸著，那股腐臭味順著口腔和鼻子嗆入了喉嚨和肺。

徐露嚇得尖叫，好不容易才將腦袋上套著的東西扯下來。一看，居然是寬大骯髒的內褲——徐婆的內褲。

她腳一軟，一屁股坐在地上。徐婆被沒離開的社區工作人員撲倒，暫時安置在附近的養老院。

不知多久沒有清洗過的骯髒內褲的味道，久久不散。徐露連忙趕回家洗了好幾次澡，都沒辦法將那股腐臭味洗掉。

人老了體味重，更何況是老人的屎和尿。徐露不敢多想，一想就覺得噁心。

而令她更加恐懼崩潰的怪事，就是從那個時候開始的。直到現在，徐露都在想，自己是不是把什麼不乾淨的東西，帶回家了。

沈科講到這兒的時候，出租房的門被敲響。徐露接了兒子剛好回來。她看到我在這兒，先是一愣，之後就長鬆了一口氣。

「小夜，你怎麼來了？」她說著客套話：「是老沈叫你來的？」

我指著自己的臉：「還叫我小夜啊，妳孩子都三歲了，他都該叫我叔了。」

「你看起來都沒怎麼變，可我和老沈的身材都發福走樣了。這是我兒子。」徐露低頭摸了摸兒子的腦袋：「快叫乾爹。」

「他就是我傳說中的乾爹啊。」沈聰用稚嫩充滿好奇的大眼睛看我：「乾爹，你比我爸帥多了。」

我摸了摸鼻翼，對了，這小子剛出生的時候，就認我當乾爹。名字還是我取的。我幫他起名叫沈聰，希望他比他老爹智商高。沒幾年，老子居然給忘了。我頓時有些尷尬。自己連忙在身上東摸西摸，也沒摸出個什麼見面禮來。不由得更加尷尬了。

「算了，你也別摸見面禮了，以後補上。」徐露白了我一眼：「還沒吃飯吧，我去做飯。」

沈科訕訕說：「這才大下午的，做飯太早了吧。」

徐露冷哼了一聲，沒理他。她往前走了幾步，沈聰這小鬼頭突然覺得媽媽不對勁兒，大聲道：「媽媽，妳怎麼哭了？」

果然，徐露在哭。忍著哭聲，每往前走一步，眼淚就忍不住往眼眶外邊湧。豆大的淚珠一滴一滴地隨著步伐從姣好的臉頰上滑下。

「妳媽那是高興。」沈科嘆了口氣，「她最近壓力太大了，擔驚受怕的。你乾爹來了，咱們一家，就有救了！」

沈科拍了拍自己身旁的沙發，讓沈聰坐到自己邊上。

「跟乾爹說說，你前些日子遇到了什麼恐怖的事情。」他拍拍兒子的頭。

沈聰鬼靈精怪的，眼珠子骨碌碌地轉，開口道：「乾爹，你給我的見面禮，該不會就是解決我家鬧鬼的問題吧？」

「這是附加的。見面禮下次我補！」我笑道，心裡卻有些發冷。剛剛聽沈科說起他家鬧鬼的事情，可沒想到，徐露帶回來的髒東西是從小孩開始作祟。

現在都是三人小家庭，小孩基本是小家庭的中心。誰家的孩子不是捧在手心裡怕摔了、含在嘴裡怕化了。

可眼前的乾兒子，卻經歷了大多數人類都不曾經歷過的恐怖回憶。

沈聰在沈科的一再要求下，用驚恐萬分的語氣，開始講述自己那晚的經歷。現在想起來，他仍舊心有餘悸、害怕不已。沈聰的聲音幼稚帶著濃濃的童腔，他組織語言的能力雖然比同齡人強，但依然說的有些前言不搭後語。

可是在他的講述中，我聽得渾身發麻，毛骨悚然。

這要從徐露的頭被徐婆的內褲套上的九天後，也就是七月二十六日開始說起。

那天和從前的許多天一模一樣，沒有什麼好描述的。太陽不大，天氣還算涼爽。徐露雖然心情一直不好，但為了孩子，她儘量不將工作壓力帶回家。她幫聽聽洗澡後，替他擦乾，讓他穿上睡衣。一如往常地講了床邊故事，等到他睡著後才離開兒童房。

聽聽躺在床上睡的正香，突然，一把低沉的、破鑼般的聲音從床底下傳了出來，接著像是有什麼東西，在用尖銳的物體由下至上抓著床板。

在不知道是幾點的午夜，他被驚醒了。

「喂。」那陰森森的，破鑼般的聲音從床下喊道：「我知道你醒了。」

聽聽抓住了被子，告訴自己那只是他的幻想。爸爸媽媽告訴他，這世上根本就沒有怪物。衣櫃裡沒有，床下也不可能有。

「喂，小孩。」那個聲音再一次呼喚道。

聽聽蜷成一團，把小腦袋緊緊地縮在被子底下，試著迴避從窗外吹進來的冷風和那可怕的床下傳來的聲音。

那聲音沉默了片刻，突然一腳踢在了床板上。床震動了，再次嚇壞了聽聽。

「你誰啊？」小孩畢竟是小孩，他鼓起勇氣問道：「你為什麼踢我的床？」

「我是一個躲在你床底下的怪物。」它回應了他，又說道：「我就是想跟你說說話。」

「你是說你是真的存在的，怪物什麼的？」聽聽問它。

「你在說什麼啊？」那個怪物說：「我當然是真的。」

「那你有名字嗎？」聽聽問它。

「我當然有名字了。」

「喔，我就是隨口問問。那你叫什麼名字？」

「忘了！」

「你忘了？連自己的名字都會忘記，你真是笨怪物。」

「對啊。」這只怪物說：「我們會忘記自己的名字很正常，有哪裡不對的嗎？你可以叫我沒名字的怪物。」

「沒有。我是說，呃，我不知道。」聽聽遲疑了一會兒：「就是沒名字的怪物，聽起來不可怕沒氣質。」

「我爸媽不大想我長大之後當只怪物。」愣了愣，怪物說。

「真的哦？那他們想你長大之後做什麼啊？」聽聽好奇地問。

「或許，他們根本不希望我長大。」

「這很好笑哎，」聽聽開始笑了起來：「誰的父母不希望自己的孩子長大啊。」

「那你爸媽想你長大之後做什麼？」怪物問。

「我不知道哎。他們一會兒希望我當科學家、一會兒覺得我可以當太空人、牙醫、婦產科醫生什麼的。爸爸媽媽的想法可多了。」

「呃，我的父母就什麼都不希望我做。甚至不希望我，活著。」怪物的話，越發的陰森起來。

「對了，等等。你是怪物對不對？你躲在我的床下，是不是想突然嚇我一跳。」缺一根筋的聽聽這時候才想起來，怪物躲在自己的床底下，可不是什麼好事：「或是要對我幹一些別的可怕的事？」

「啥？不不不，我為什麼要這樣做啊。」

「唔，畢竟你是只怪物嘛。不對嗎？」躲在被子裡的聽聽問：「書裡都是這樣說的，怪物只有嚇唬了小孩子，才會獲得能量。有些怪物還要吃小孩呢。」

「呃，這也沒錯，我是怪物。但這不代表我非得要嚇小孩子啊。至少這次，我不會嚇你，也不會吃掉你。」怪物咯咯地笑個不停，又尖利又嘶啞的聲音，像刮著人的心臟般令人不舒服。

「我還以為那就是怪物必須做的事呢。」聽聽長鬆了口氣。

「沒錯。我以嚇人吃人為生。」怪物緊接著回答，「但我這次找的，不是你哦。」

「因為我不是壞人嗎？」聽聽問。

「不啊。你是不是壞人，我不知道。」怪物說：「但你不是我今晚來這裡要吃掉的那個人。」

「那你來這裡是想吃掉誰啊？」聽聽問。

「那個躲在你衣櫃裡的男人。」

「我的衣櫃裡，有一個男人躲著？」聽聽手臂上頓時起了一層雞皮疙瘩。他剛想問怪物是什麼意思，緊接著，衣櫃裡傳來了一陣沙沙作響的聲音。

那聲音打斷了聽聽的話，他不敢再開口。

衣櫃裡，果然躲著什麼人！他幹嘛躲在裡邊？他什麼時候躲進去的？他想要對自己幹什麼？一連串的疑問，湧入沈聽的小腦瓜裡。

隨著衣櫃的門被推開時的「嘎吱」聲，小屁孩能聽到躡手躡腳的腳步聲踩在臥室地板上，朝他緩慢地走過來。聽聽嚇得不敢往被子外望。他就躲在被子裡，用被單罩著腦袋，一聲不吭。

床下的怪物，像是離開了般，沒有再說話。

腳步聲越來越近了，最終停在床邊。一股沉重的呼吸聲從聽聽耳畔傳來。聽聽緊緊閉上眼睛。

被子被扯開，聽聽溫暖的避難所頓時消失不見。

聽聽縮成一團，靜靜等待著將要到來的命運。他在恐懼中窒息，那股窒息感讓他無法出聲。他沒辦法尖叫，一絲一毫的力氣只要積攢下來，就會被恐怖的現狀奪走。

他眼睜睜地看到一個黑漆漆的人影，朝他伸出了尖刀。

就在尖刀要刺中他時，一聲尖叫劃破夜空。那個想要殺他的男人在尖叫，那男人彷彿看到了什麼無比可怕的東西。

窗戶邊傳來了玻璃破碎的聲音。那個男人撞碎玻璃，從窗戶跳了出去。沈聽睜大眼睛。月光下，一把尖刀正靜靜地躺在聽聽床邊的地毯上，發出黯淡的光芒。

「這裡可是二樓啊。」沈聽眼睜睜地見那男子跳樓，心裡只有這一個想法。那個想要殺掉自己的傢伙，在殺他的最後一刻，到底看到了什麼？居然嚇成了那樣！

沈科和徐露隨著潛入沈聽衣櫃的男子尖叫聲，匆忙衝進了聽聽的房間。留給他們的，只剩下蜷縮在床上驚慌失措的沈聽，以及那黑色窟窿不停往外漏風的，破碎窗戶……

第三章 隱藏的惡

「我和小露不停地問聽聽，問他為什麼尖叫？為什麼地上有刀？為什麼窗戶玻璃被撞碎了。」沈科嘆了口氣：「接著驚魂未定的聽聽就告訴了我這個故事，至今，我都不知道該不該相信。他床底下真的藏了一個怪物嗎？還是說他早就發現了衣櫃裡躲了人，所以臆想出了一個怪物，不會傷害他的怪物，來自我保護？」

等沈聽講完那晚的事情，沈科打發兒子去廚房幫他媽的忙。留了我倆兄弟在客廳裡討論。

我皺了皺眉頭，整理了一下思路：「也就是說，六天前，有人潛入了你們家。他的目的很明確，一進門就躲入聽聽的衣櫃裡。而且那人帶著尖刀，明顯是想要殺沈聽。」

「對。」沈科苦笑著，點燃一根菸：「我們家跟別人和和氣氣、沒仇沒怨的。我搞不懂為什麼有人會要我們家絕後。」

「之後呢。那個從二樓窗戶跳下去的男子，有沒有抓到？」我又問。

「抓到了。我立刻就報了警。」沈科說：「員警很快就來了。他們留了一個人在聽聽的房間裡採樣，其他人則到街上設臨檢點，尋找街道上的可疑人物。最後，在離我家幾條街之隔的大路上，警方抓到了兇手。」

說到這，沈科吐出了一個菸圈，他的手抖得更厲害了：「警方沒有跟我們說太多內情。只知道是個男子，他的樣貌、身材長相，就連年齡和名字都不清楚。據說那個男子在大街上狂奔，渾身都是血，他的身上扎滿了玻璃碎片。血落在地上，拖了很長很長的距離。」

「那個男子赤裸著，卻揹著一個大包包。包包裡不止一把刀，還裝著布膠帶、刀子、鎮靜劑，和攝影機。顯然不只是想殺了聰聰那麼簡單。他被逮住之後，一言不發，什麼也不肯說。不過他明顯在怕什麼，神情一直很緊張恐懼。」

「男子的家人現在幫他請了春城一個非常出名的律師，律師以男子有間歇性精神病作為辯護，想要把他轉出看守所。」沈科面前的菸灰缸裡，一缸子的菸屁股，顯然令他最近感到壓力的事情，還並不止這麼一件事：「哎，現在的精神病人簡直就是無理的存在，有一張精神證明就無敵了。我真怕那傢伙會被放出來。特別是對他，我根本就一無所知，防不勝防啊。」

「關於那個想要殺我綁架我乾兒子的人，交給我處理。」我臉色鐵青，話鋒一轉，繞著出租房看了一眼：「那晚之後，你們家又發生過什麼？該不會只是因為被關起來的變態，就迫使你搬家了吧？」

沈科聽到我這句話，猛地一抬頭。我能清楚的感覺到他的恐懼。

「我覺得，在我搬離家裡的前一晚。也，看到了。看到那東西了！」他用嘶啞的聲音說。

「你看到了什麼？」

「看到了聽聽嘴裡提到的，床底下的無名怪物！」

直到七月二十七日，沈聽仍舊害怕不已。雖然壞人已經被抓起來了，但是他更加怕床了。他怕無名的怪物還待在自己的床下。雖然那天怪物說不會吃他，不會嚇他。跟怪物說話的時候，自己也沒有覺得太害怕。

可事後回過味來，他卻怕了。回想起來，越感覺那個怪物，對他並不是完全都是善意，沒有惡意的。

他，再也不敢睡自己的房間。也不敢晚上一個人待著。

徐露只好讓兒子睡自己的臥室，把老公沈科擠到了兒子的房間睡。沈科當然不相信這世界有什麼床下的無名怪物，他很憂愁。他害怕這個詭異的事件，那個可怕的想要殺兒子綁架兒子的男子，會對兒子產生永久的心理創傷。

他猶豫著，是不是在禮拜六帶兒子去心理醫生那兒做個心理輔導啥的。

沈聽房間的窗戶玻璃並沒有修好，等鋼化玻璃做好還需要一個多禮拜。幸好是夏天，社區的綠化又不錯，晚上不熱也不冷。徐露用窗簾將破掉的地方擋住，看不到破口處，就彷彿做完發生的事情，都變得久遠起來。

夜深了，關了燈。

沈科躺在兒子的小床上翻來覆去，怎麼都睡不著。他細細梳理自己的人際關係，試圖猜出昨晚的事情究竟是不是他得罪了誰，所以才有人來殺害自己的心肝寶貝。

想來想去，也沒想出個所以然來。他甚至在思考，到底是不是有人盯上了自己這個沈家大地主，順位繼承人。想要殺了他們一家人，奪去沈家的土地。

可沈家的地，乃至大宅，都和往常一樣。賣不掉也沒人拆遷，奪去了也沒用啊。不然他早就發財了，幹嘛還在春城苦哈哈的，過著比底層居民高不了多少的平凡日子。

風從破掉的窗戶刮了進來，刮得窗簾亂動。潔白的窗簾猶如被撕扯著，在外界的暗淡光芒下，鼓脹鼓脹的，彷彿無數隻爪子在上邊抓，顯得格外的嚇人。

沈科被窗外吹來的一股涼風吹到臉上，感到有些冷。他轉了個身，從臉面對窗戶的姿勢，轉變成了臉朝向了門。

就在這時，他突然覺得窗簾，像是哪裡有些不太對勁兒。沈科猛地再次將身體翻過去，眼睛一眨不眨地盯著窗簾看。

由於大部分窗簾都扯過去擋住破掉的窗戶，右側沒有破的另一扇窗自然走了光，透過玻璃可以清楚地看到二樓外的一切。

老社區的綠化很好，樹木有三層樓那麼高。沈科家樓外就有一棵槐樹，枝葉生長得很好，密密麻麻的枝椏擁擠在不遠處，基本上將窗外的大部分空隙都遮擋住了。

但這不是重點。重點是右側的窗簾被風撕扯個不停，但詭異的是，窗外的大槐樹，卻一動也不動。沒有任何一片樹葉，動彈過。

明明沒有風，窗簾為什麼在動？

沈科渾身一抖，他額頭上冷汗立馬就流了下來。白森森的窗簾後方，有什麼東西。不，與其說是東西，不如說是一隻隻的手。比成人要小得多的手，在窗簾上劃來劃去。

窗簾後邊，到底有什麼？

他胡亂地在床邊摸了一陣子，摸到了一本厚皮的兒童讀物當做武器。他從床上小心地站了起來。起身時，床發生了「咯吱」一聲輕響。

窗簾後方的東西被那聲響刺激到了，窗簾撕扯得更厲害了。陰森森的冷氣，不斷從窗簾後邊湧來。冷得沈科彷彿呼出的氣，都蒙上了一層白霧。他眨了眨眼睛，驚恐地發現自己覺得冷並不是錯覺。

不知何時，他的眼睫毛，竟然結冰了。大熱天的，自己竟像是落入零下十度的東北地區。這，到底是怎麼回事？跟躲在窗簾背後搞鬼的東西，有關聯嗎？

沈科鼓起勇氣，小心翼翼地來到了窗簾前。他用手上的硬殼兒童讀物，猛地敲擊著鼓脹的窗簾，打在了那爪子似的凸起上。

這一打之下，剛剛還飄飛在半空中如同沸騰的水的窗簾，竟然徹底平靜了下來。潔白的窗簾受到重力影響，落回垂直的模樣，不再動彈。

沈科深吸一口氣，一把將窗簾扯開。

外界幽幽光線傳遞進來，窗戶破掉的地方只不過是一個豁口。豁口下方就是草地，距離至少有三公尺。窗簾和牆壁的距離不過十幾公分寬的縫隙，容不下任何人躲在後邊。

一切，都像是作了個夢般不清晰。

沈科揉了揉自己的太陽穴，顯得很迷惑。他不敢再讓窗簾擋住窗戶，乾脆將白窗簾拉開，用窗簾繩綁好。

轉身，呼出一口氣。沈科突然整個人都愣了。不對，還是很冷。那股涼意已經呈現物理化，僵冷的他關節都開始發痛了。

他下意識地朝空調口看去，空調沒有打開。冷意，那刺骨的涼，是從哪裡傳進來的？

沈科的視線四處掃視，他有些害怕。他恐懼的汗水從皮膚裡滲出，就被凍結。

「不行，再這樣下去，老子就要被冷死了。先出去再說。」沈科不敢再猶豫，他動彈著僵硬的身體，想要離開兒童房。

可當他的眼神無意掠過房門旁的衣櫃時，又是一愣。他的動作全部停滯了，他死死地盯著衣櫃看。

衣櫃的櫃門，不知何時打開了一個縫隙。他進來時明明檢查過房間，那時候衣櫃的門還好好地關閉著。

櫃門，什麼時候被打開的？衣櫃裡有東西，絕對有什麼東西偷偷進去了。

一股惡寒從沈科的背上爬到了後腦勺。他在看衣櫃的同時，衣櫃裡，也有一些東西在偷窺著他。邪惡的視線！不懷好意的眼睛！沈科從那窺視中，感覺到的全是危險。

兒童房寂靜無聲，只有讓人恐慌的黑暗。在衣櫃露出十公分不到的空隙中，一隻眼睛，兩隻眼睛，無數隻眼睛，密密麻麻地出現在衣櫃門的間隙，那黑漆漆的昏暗中。數不清有多少眼睛。每一隻眼睛，都散發著勾人的邪氣。

「我的媽呀！鬧鬼了！」沈科大喊一聲，屁滾尿流地跑出了兒童房，再也不敢進去。

第二天一早，也就是七月二十八日。他就在外隨便租了房子，帶著一家人搬離了自己溫馨的，還有二十五年貸款沒還完的家。

沈科一把抓住了我的手，哭喪著臉：「小夜，你可一定要幫幫我啊。把我家裡的怪物趕走。你看看，我要養老婆孩子，要還房屋貸款。現在租房子住還要租金。小露社區工作的薪水又不高，我壓力太大了。睜眼閉眼都是錢，銀行存款使勁兒地往下掉。在這樣下去，我都想舔老闆的鞋，求他幫我漲薪水了。」

我嫌棄地用力掙脫了他，摸了摸下巴，分析道：「現在你認為自己的屋子裡，有某種怪物？那怪物就潛伏在兒童房？」

「對啊，那怪物讓我一家三口有家不敢回。造孽啊，老子都快破產了。」沈科的心情很鬱悶。

「怪物的聲音，聰聰聽到過。而怪物的模樣，你稍微看到過。就徐露沒有遇到？」我又問。

「嗯，對。」

我皺了皺眉，總覺得似乎哪裡不太對勁兒。躲在兒童房床下的怪物，救了沈聰。嚇唬沈科，卻沒有傷害他。這聽起來不像是恐怖故事，反而像童話。線索太少了，恐怕得去沈科的家裡瞅瞅。

自己讓沈科把他家的大門鑰匙給我，吃了晚飯，哄了沈聰一會兒。這才在這一家三口的依依不捨下，離開了。

我沒有浪費時間，趁著夜色，開車來到沈科住的社區前時，大約才晚上九點。老小區的物業管理不怎麼管事，晚上也沒有人巡邏。由於停車位不多，社區裡的車停的橫七豎八亂糟糟。我只得將車停在社區外走進去。沒走多遠，就看到了沈科兒童房外的那棵大槐樹。

這棵樹大約有上百年樹齡了，社區修建的時候，也沒有將它砍掉，保留了下來。這很難得。畢竟老小區裡老年人比較多，人也迷信。前不種桑後不種槐的古語，讓這棵槐樹就算只活在社區內，都惹人嫌。所以大多數都會把居民區中的槐樹砍掉。

槐樹古人覺得容易招惹怨鬼。無風的夜裡，那棵大槐樹安安靜靜地聳立在綠化帶中。繁茂的枝椏經常被修剪，所以鋪展覆蓋的空間並不算大。

看著眼前的樹，我瞇了瞇眼。這棵樹，似乎有哪裡讓人覺得古怪。可一時間，我又不太看得出來。掏出手機幫槐樹照了一張相後，我走入了沈科家所在的大樓，順著樓梯拾階而上，來到二樓的大門前。

就是這裡了！

我確認了門牌號後，下意識地敲了敲大門。就在這時，驚悚的一幕出現了！門裡邊也傳來了敲門聲。

屋裡有人在學著我敲門！

誰在裡邊？

我打了個寒顫，隔著門厲聲問：「誰？」

從裡邊傳來的聲音立刻偃旗息鼓，再也沒有了動靜。

我又敲了敲大門，剛剛的敲擊聲果然消失了。自己的心有些跳的厲害，我嚥下一口唾液，掏出鑰匙，推開門。

門保養的不錯，無聲無息地向右側敞開，露出黑洞洞的內部。電源總開關關掉了，我猶豫了一下，跨入了門內。一邊關注著打開的大門有沒有人奪門而出，一邊摸索著電源總開關。

沒多久我找到了總開關，將它扳上去。屋裡的燈頓時大亮，將視線所及的擺設，照的纖毫畢露。

這裡和我上次來時沒什麼差別，除了缺少人的氣息之外。剛剛在裡邊學著我敲門的傢伙，到哪兒去了？

我將門關好，想了想，又在桌子上拿了兩個杯子，佈置成一個重力機關擺放在門腳。只要有人開門，杯子就會跌倒互相撞擊，發出清脆的預警聲。而這個機關，基本是無法解除的。

燈光給了我膽量，我隨便在屋子中找了一個有重量的鈍器當做自衛的武器，開始一個房間一個房間的檢查。

讓一個溫馨的家變得陰森需要幾步？三步就夠了。第一步，帶走所有日常用品。第二步，將家閒置幾天。第三步，挑一個夜晚進去。

這個家裡，冷的有些不尋常。雖然它在二樓，室外的綠化也好。可這幾天很熱，來的時候我看過車裡的溫度計。上頭顯示三十一度。可沈科的家中，體感溫度頂多二十度。差了十一度左右。

巨大的溫差，令我呼出來的氣，都有種快要凝結的錯覺。

尋找了一圈，自己並沒有找到任何可疑的人。讓我覺得很奇怪。沈科的家，窗戶都裝了防盜窗，沒辦法打開。所以除了大門之外，根本就不可能讓人從別的地方逃離。

難道屋子裡，從來就沒有除我以外的別人。剛才的敲擊，是某種物理上的回音？我百思不得其解，又將房子全搜了一次。

仍舊沒有找到問題。

我回到了客廳，坐在沙發上，蹺著二郎腿的腳一盪一盪的，努力思考著。其實早在沈科講他們家鬧鬼經歷的時候，我就覺得有個地方不太對。

徐露雖然沒有說，但她顯然認為是徐婆用內褲罩著她的腦袋後，自己運勢不順，將髒東西帶了回家。而沈科，也同樣如此覺得。

但為什麼最終，是沈聰的房間，出了問題了？六天前，一個壞人潛入沈聰的房間，想要對聰聰下手。看那男子帶著的東西，顯然是有兩手準備。第一個選項，是綁架沈聰。第二，綁架不了，就殺了他。

可就在他開始自己的惡行之前，被聰聰床下的怪物阻攔了。惡人恐怕是看到了那怪物，嚇得驚慌失措，甚至恐懼得撞碎窗戶跳了出去。就連自己受傷了也無所謂，他迅速地往前逃，逃了兩條街遠。他害怕地想要離沈科的家越遠越好。

能將一個都有勇氣潛入別人家殺人的傢伙嚇成那樣，可想而知，怪物的模樣有多恐怖。

它沒有傷害沈聰。就連第二天嚇唬沈科的時候，也沒有傷害沈科，至少，讓沈科安然離開了。

它，只懲罰了壞人。

這是多善良的怪物啊！它果然不像是成人世界的險惡幻想出來的東西，反而如同聽聽書櫃上的童話書裡跳出來的。

現在，那個怪物，還留在聽聽的兒童房裡嗎？

突然想到了些什麼，我又來到了兒童房前。這是第三次搜索這間房，前兩次我仔細搜查了裡邊的一切。就連窗戶破口的地方也檢查過。破掉的玻璃下方，才幾天而已，就已經積累了一層薄薄的灰塵。破口狹窄的地方，有幾隻蜘蛛，辛勤地織了幾張網。

灰塵上沒有腳印，蜘蛛網也沒有破。證明一直以來，沒有人從這裡逃走過。

我摸了摸額頭。有沒有可能，剛剛學著我敲門的，就是潛伏在兒童房床下的怪物？它果然還躲在屋子中，沒有離開。

自己是個唯物論者，不相信有傳統意義上的鬼存在，更不相信有怪物。世界上如果真有怪物的話，恐怕也是從某個平行世界裡，藉由某種物理原因，不小心到這個世界客串的。但這樣的可能性微乎其微。所以理論上，怪物只存在於都市傳說中。

對了，聽聽曾說過，那怪物在自己的床下抓過幾次。

我腦袋一道靈光閃過，用牙齒咬住手電筒，鑽入了兒童床下。這一看，就發現了一個線索。

床板上，果然留有痕跡！

第四章 襲擊

兒童床下有一種古怪的氣味，像是薄荷和藿香，但是聞到後卻讓人一丁點都不覺得會變得清醒。

床板上的痕跡，像是抓痕。大片大片的抓痕黑漆漆的，猶如墨水滲透。那股古怪的味道，也是從抓過的地方竄出來的。

可當我仔細觀察後，頓時渾身發麻，惡寒如同激流般湧過全身。那些痕跡，並不是什麼硬物反覆刮擦上去的，反倒像是蛀蟲咬出來的。不過從痕跡的邊緣判斷，這些木板上的傷痕，出現在六天前。

剛好是沈聰屋裡被人潛入的日子。

不過我實在想不明白，蛀蟲一般不會啃食處理過的木板。何況到底需要多少數量的蛀蟲，才會將木板啃食得如此傷痕累累？

自己視線所及的許多地方，都殘留著啃咬的傷口。那些傷口類比著尖利的爪子抓過的模樣，觸目驚心。也越發的令我大惑不解。

退一萬步講，沈聰的床板真被蛀蟲污染了，那些蛀蟲為什麼不將木板大片大片地吃掉。反而吃得狹狹長長，吃像難看、捨近求遠。怪，太怪了！

我腦袋裡一道靈光湧現，除非是有人將某種液體塗抹在床板上。而蛀蟲喜歡吃那些液體，於是就順著液體塗抹的位置啃食板子。

極有可能！

也就是說，沈科家所謂的床下的怪物，其實是人為造成的？什麼人，在設計他？為什麼那個怪人，會躲在沈聽的衣櫃中？

那晚跟沈聽說話的床下怪物，自始至終，都是一個人類？那個人為什麼要阻止衣櫃裡的壞人殺死或者綁架沈聽？他幹嘛要在床板上畫這幅圖案？他是誰？有什麼目的？難道這圖案，就是那人故意留下的線索？

線索實在太少了，我想不出個所以然來。自己掏出手機，把床板上被蛀蟲啃食的圖案拍下，準備到時候在電腦上處理後，查一查。

就在這時，一股毛骨悚然的感覺，爬遍了全身。我的腿，觸碰到了一個冰冷冷的物體。那物體刺骨無比，猶如一團冰。可偏偏又有些彈性，像是冷凍庫裡存放了三十年後剛解凍的老豬肉，噁心得很。

自己的腿根本就沒有動過，怎麼會突然接觸到東西？那爛肉似的觸感，令我無比恐懼。我的心臟狂跳，一動也不敢動。

那塊冰冷的爛豬肉也沒有動作。

我和那東西就這樣保持著最基本的平衡。自己額頭上的冷汗，不停往外冒。爛豬肉似的東西在侵蝕著我的腿部皮膚，它完全沒有因為接觸到我，而變得溫暖。倒是我的腿連帶麻木了起來。

有什麼東西，正順著我的腿，從它的那一邊傳遞過來。想要鑽入我的肉中！

我嚇了一跳，不敢再等下去。下意識的猛地將腿收回，雙腳用力一蹬地，整個人的上半身就從床下鑽了出來。

就在這一瞬間，我才意識到，進來時打開的燈，不知何時熄滅了。整間屋子都陷入了黑暗裡，只殘留著我手電筒的光圈，在努力抵抗著沒有一絲光的世界。

我翻身站起來，身體不停地向後退，背靠著牆壁。這才稍微有了些安全感。自己用手電筒四處掃射，並沒有看到任何奇怪的東西。

從觸感判斷，剛剛自己的腿接觸到的爛豬肉物體，形態應該不小。最少也有一個九歲小孩的體積。可是在房間裡，我卻什麼也沒找到。

我慢慢地挪動，不動聲色。我在朝燈的開關移動。

在燈光下，靜悄悄的房間裡，只有我背輕微擦著牆的響聲。微弱而又清晰。

我的耳朵瘋狂地接收著房屋中任何一個方向傳遞過來的任何聲音，作為眼睛視線受挫的補充。

就在自己的手快要接觸到燈的開關時，聲音，有一股怪異的聲音闖入了我的耳道。彷彿是呼吸聲？

呼吸聲！這晦暗的房間中，果然不止自己一個人。兒童房多出的那個人，是誰？他，到底想要幹什麼？

我的腦畔一瞬間閃過了無數個疑問。如果那個人的皮膚就是冰冷的爛豬肉觸感，恐怕，房間裡存在的，有可能並不是人類。

甚至，我聽到的呼吸聲，也並不是真正的呼吸聲。

既然那不是呼吸，又是什麼？那聲音比我發出的呼吸都輕微，可卻偏偏越發的清晰起來。

那東西，就在我附近。近在咫尺的地方！

心裡的警鐘大響，我的心慌了。腦中似乎想起了什麼，本來正準備打開電燈的手立刻被自己收了回來。

我深呼吸一口氣，不管不顧，從零開始助跑。瞬間穿越了兒童床，整個人從窗戶的破口處跳了出去。

身體懸空，從二樓的掉落過程中，被槐樹的枝椏磕碰摩擦。最終，我的身體重重地摔在了草地上。我忍住痛，根本不敢浪費時間，爬起來就朝路燈下跑。跌跌撞撞，拖著受傷的腳，直到上了車後，這才鬆了一口氣。

一股劫後餘生的感覺，油然而生！

漆黑的社區，路燈在車窗外一閃一閃，就像無數道黯淡的閃電，照亮平靜的夜。

我坐在車上，車燈也在一閃一爍，和路燈一唱一和。我一身冷汗，好不容易才挪動痛得咬牙切齒的腿。

腳踝腫了，恐怕有些錯位。

我連忙緊急處理了一下。忍著刺骨疼痛，將錯位的骨頭掰正。那一瞬間，自己痛的忍不住差點就叫出了聲。自己不知道現在的我到底有多狼狽，一身的樹葉，身上的衣服破破爛爛、骯髒不堪。

我在苦笑。

自己在沈聰的兒童房裡到底發現了什麼？由於眼睛看不清楚，只能猜測。爛豬肉的觸感，應該是屍體。屍體上那股刺骨的冷，是怎麼回事？難道是有人將停屍間的屍體搬出來，嚇唬進入沈科房子的人？

在房子裡聽到的呼吸聲，我確定那不是呼吸。而是輕微的腳步移動。那腳步聲很有節奏，模擬著一呼一吸，不正是有人在輕輕地跳著，朝我一步步的逼近嗎？

想到這兒，我就不寒而慄。我的腦袋裡，充滿了一具剛從停屍間爬出來，一跳一跳朝我逼近的想像。我將那不切實際的想像努力甩開，突然，自己又想起了一件事。

一件更為重要的事情。

剛剛忙著處理自己受傷的腿，根本沒來得及看自己沒有受傷的另一隻腳。受傷的是左腳，而右腳在屋子裡碰到了那個死屍的身體。還感覺有什麼鑽入了腿部的肉中。

我連忙將駕駛座的燈打開，提起右腳看去。

這一看之下，我大驚失色。

右腿腳踝的位置，烏漆墨黑的。猶如被潑了墨水，一個手印赫然出現在腳上。我瞇著眼睛，拚命鎮定。仔細觀察那個手印。抓著我腿的手，不大。大約相當於一個年輕女子正常的手掌，恐怕還要更小一些。

手印看起來很可怕，將我的腿抓得烏青。更可怕的是，我當時根本沒有感覺到自己被抓住了。就連腿被抓腫了，自己都沒有察覺到痛。這太詭異了！

我試著擦了擦腿上墨黑的顏色，沒有擦掉。自己觀察著右腿處，除了烏青的地方外，沒找到其他的表皮傷痕。皮膚沒有破口，也就是說，並沒有東西鑽入肉中。但是，當時我分明感覺到，有東西從冰冷屍體上爬到了我的腿，鑽入了我的肉。

難道，那僅僅只是幻覺？

我皺了皺眉，總覺得不保險。決定等一下到醫院去照個X光片看看。就在我準備驅車離開這見鬼的社區時，自己愣了一下。

不太對。車窗外的路燈，有點怪！

風刮得很輕，燈光下倒映著的樹影，搖晃著，隨著閃爍的路燈，透著一股怪異。彷彿那不是樹的影，而是什麼東西，在朝我招手。

我猛地轉頭望去，閃爍的路燈居然徹底壞了。背後是長達幾百公尺的悠長的車道。

筆直，除了樹意外，無遮無蓋。樹的枝椏下，這條路長的像是一條隧道。和路平行的路燈，從遠至近開始熄滅。

自己甚至能清楚地看到熄滅路燈的分界線。從沈科家的樓下開始，朝左邊，路燈發揮著正常的照明功能。而從右開始，順著我的存在方向，路燈滅了。

一盞一盞地滅，一盞一盞地被黑暗吞沒。

像是一個吞掉光明的恐怖存在，在向著我的位置，一跳一跳，隱藏在黑暗裡，追著我過來了。

危險的直覺，讓我的寒毛一根一根地豎起。我背脊發涼，一刻不敢停留。打開引擎，轉動方向盤，以最快的速度掉頭，朝社區的大門開去。

路燈熄滅的速度更快了。果然有東西在漆黑裡想要追上我。我快，它更快。

我一踩油門，加速又加速。沈科家的社區不大，自己位於這條車道的中央位置，離大門應該只有幾百公尺的距離。

但是就這幾百公尺，我覺得自己似乎開了一輩子。路燈熄滅的速度越發的快了，我的油門幾乎要踩到底了。這輛租來的破舊老車開始發出難聽的聲音，車身也在劇烈地抖動。僅僅幾百公尺而已，怎麼還沒有開到？

正常情況下，幾百公尺，以現在的速度，不過也就幾秒鐘而已。

我的耳朵，聽到了古怪難聽的聲音。我的鼻子，聞到了輪胎摩擦地面的焦臭味。

自己從反光鏡往後看，頓時大吃一驚。

只見自己車旁的路燈已經熄滅了，尾燈沒有亮，車尾陷入黑暗中。整輛車，都停住了。車尾被什麼東西拽住，車身被抬了起來。只殘存前驅的汽車輪胎在發出快要崩潰的轉動聲。

隱藏在黑暗裡的可怕存在，將車拖住了，車身不只沒有前進一步，還在被那玩意兒緩緩地朝後拖。彷彿想要將我也拖入黑暗裡，萬劫不復。

我知道被拖走後，恐怕絕對沒有好事情等著自己。一咬牙，將駕駛座的車門打開，整個身體就竄了出去。

警衛室就在不遠處，跑過去就得救了！

自己如此盤算著。可真的，逃得掉嗎？我沒有一丁點的把握。夜色中那鬼東西顯然感覺到我逃了，車從尾部被掀起，巨大的車身轟隆一下，撞擊在我的身旁。落地的衝擊力以及轟鳴的砸中地面的聲波，將我震得摔倒在地，好幾秒都爬不起來。

警衛室靜悄悄的，裡邊開著燈。離我也不過二十幾公尺的距離，正常情況下，我只需要跑三秒多鐘。自己甚至能清楚地看到，警衛大叔在簡易的塑鋼棚子裡打瞌睡。頭一點一點的，哪怕是車從空中落下造成了可怕的巨響，竟然都沒將他吵醒。

不只沒吵醒他，就連附近樓上的居民，竟也沒有一個人將頭探出窗外好奇地觀望到底發生了什麼事。

一個人，都沒有！

這太不可思議了。

我沉下心，深呼吸一口氣。巨大的聲音令自己耳鳴得厲害，不知道耳膜出血了沒有。自己思緒轉得飛快。難道剛剛的聲音，只有我一個人聽到了？有什麼力量，將附近的噪音，都過濾了，離我稍遠的人類，根本都聽不到？

這，到底是什麼力量！那追著我不放的東西，真的僅僅是冷凍的會動屍體嗎？一具可以拖住 1.8T 引擎的小汽車，掀起接近兩噸重，還能消除聲音的屍體？

不。我對自己剛剛下的結論，都懷疑了起來。無論如何，現在都是需要努力逃命的時刻，容不得我多想。眼下我沒有力量和那怪物拖延時間，甚至對抗。

我繼續忍住痛，爬起來繞過翻了個頭，乘客空間都已經被壓塌的汽車，繼續往外跑。心裡又怕又怒，還在滴血。車的押金大概是要不回來了，還不知道怎麼跟租車公司解釋呢。

自己跌跌撞撞，在吞噬路燈光明的黑暗追趕下，跑出了人生最快的速度。腳痛，不存在的。耳洞在流血，沒關係可以忍。我在和黑暗賽跑，跑輸的結果，就是死亡！

我衝刺到了警衛室旁，扯開警衛室的門，擠了進去。警衛室不大，擺放了監視器和一張桌子後，剩下的空間就只能容兩個人站著。

警衛大叔還在打瞌睡，我用力搖了搖他，他剛剛還有支撐的脖子就偏向了一旁。

從淺睡狀態，直接變成了昏迷。這他奶奶的也可以？這也是追我的怪物在作祟？

我猛地轉頭，心裡的不安更濃了。背後社區的路燈已經熄滅殆盡，黑漆漆一片。僅剩下警衛室的昏暗燈光，如同茫茫颳風天的無盡大海裡，那一葉隨時都會傾覆的小船。

頭頂那盞唯一亮著的節能燈開始閃爍，最後，終於也滅了。

我視線所及的範圍，全都落入了看不見的糟糕狀況。但是，耳朵還能聽到。警衛室外的黑暗世界，發出了細微的一道一道腳步聲，接著是薄薄的塑鋼牆壁和什麼東西的摩擦聲。塑鋼似乎受到很大的壓力，咯吱咯吱地響著，逐漸從外到內變形。

自己打開了手電筒，朝聲音發出的位置照過去。塑鋼牆壁已經扭曲了，尖銳的破口和我僅僅只殘留了幾公分的距離。手電筒掙扎了幾秒鐘，亮光再也發不出來。警衛室再次陷入黑暗當中。

恐怖的聲音又一次響起，有東西在徒手撕破塑鋼牆壁。整個警衛室，恐怕也撐不了幾秒鐘了。

我強迫自己冷靜，在黑暗裡摸索著通往社區外窗戶的位置，一腳將玻璃踢碎。玻璃破碎的聲音還未徹底傳出，我的身體已經從窗戶破開的地方跳了出去。

這一跳，就跳到了社區外的大路廣場上。本還黑暗的世界，被這條雙向四車道的寬闊街燈所照亮。我連滾帶爬，儘量離社區大門遠遠的，接著就坐在廣場正中央，不停地喘著粗氣。

背後的社區依舊黑暗無比，警衛室搖搖欲墜，不過怪物還在社區中，沒有跟著我出來。自己有些慶幸，拖著疲憊不堪傷痕累累的身體，一刻不停的離開了。

我害怕夜長夢多，根本不敢休息。誰知道那隱藏在黑暗裡的怪物，會不會隨時追上我。但殘酷的現實告訴我，自己真的沒有想多。

晚上不到十點，明明是夜貓子們逐漸開始出來吃宵夜的時候。可是我在主幹道上一個人一輛車都沒見到。

我一個人孤零零地走在筆直的路燈照亮的街道，拖著疼痛的身體，一瘸一拐地走了接近半個小時。想要叫計程車的心思，終於徹底熄滅了。

沒有車，沒有人。彷彿我被丟到了異世界。全世界，僅有我一個人的腳步聲，在渲染著夜晚的背景音。

越是往前走，我的心越是冰冷。我的心臟「砰砰砰」跳個不停，走在這平時一腳油門就能離開的街道，那一排排的路燈，彷彿通往沒有盡頭的絕路。

終於，到了我背後的路燈突然熄滅了幾盞的時候，心裡頓時了然。我果然還沒有逃出去！那東西果然追來了！它根本就沒有放過我的心思，它，想要我，死！

我這一刻無比絕望。

距離我身後幾百公尺的路燈，剛開始隔著幾秒鐘就會熄滅兩盞。可緊跟著速度越來越快，瘋了似的不斷熄滅。幾百公尺的距離，幾秒鐘就掠過了。黑暗降臨，追逐著我的氣息，不斷歇斯底里的逼近。

我反而冷靜了下來，心裡冷哼一聲。手在懷中摸索著，抓到了某個東西。我冷冷地看著黑暗靠近，心想拚著命不要了，也要給躲在黑暗中的那東西一點顏色看看，讓它也嘗嘗絕望的滋味。

就在我跟前的最後一盞路燈熄滅，濃墨般的黑色切割了夜，那股涇渭分明的光明和黑暗就要落在我身上時。猛然間，有什麼東西被丟了出來。黑夜，被那東西一把抓住了。黑的如同具象化的黑暗，停留在距離我鼻尖只剩下一公分的地方。背後路燈發出的光，閃爍著柔和的顏色。

世界，就這麼靜止了。

靜止的世界並沒有持續多久，便開始崩潰。我眨巴了幾下眼睛，感覺光明和黑暗都在迅速地離開視線。

我保持著站立的姿勢，有些不知所措。世界在收縮，光明沒了，黑暗沒了。等眼睛適應了周圍的環境後，我才驚訝地發現自己所在的地方。

頭頂，發出一陣「滋滋」的電流傳導音。光亮從頭頂灑下來，我瞇著眼，看到了一張床一個櫃子。

我渾身大震，冷汗頓時流了出來。

「沒想到，剛剛的全都是幻覺，我根本就沒有逃出沈科家的兒童房。」我喃喃自語。自己站在兒童房靠門的位置，手依然保持著往前伸出，想要打開電燈開關的姿勢。

剛剛那可怕的遭遇，真的只是幻覺？可又是誰，將我從幻覺中拖了出來，救了我一命？沒錯，那個人是真的救了我一命。如果我在幻覺中將自己從楊俊飛的倉庫裡特意取來保命的東西用了，自己恐怕也會死無葬身之地。

心裡的驚恐感，久久沒有消失。就連看這溫馨明亮的兒童房，也覺得陰森無比。我低頭檢查了一下身體，頓時倒吸一口涼氣。

不，剛剛絕不僅僅只是幻覺。

我現在的身體傷痕累累，右腳上，那怵目驚心的黑色手掌印赫然出現在皮膚上，滲透進了皮膚中。

沈科的家裡，到底發生了什麼？

我不斷地深呼吸，觀察著房間，試圖尋找到底是什麼傷害了我，又是誰救了我。很快，我就在兒童房的書桌上，發現了一張便條紙。

紙上寫了寥寥幾個字，但是筆跡，卻是我認識的。同樣的筆跡，我在幾年前遇到危險時，有同樣一個神秘的人也留過。

「快離開春城，快！」

便條上只寫了六個字，卻字字充滿了危機感。落款是——M。

果然是他，這個不知是男是女，自稱是我朋友的M，又出現了。我深深地看著這張便條紙，久久不語。

M上次的警告，事實證明，是對的。所以我要不要暫時離開春城呢？畢竟從短短今天的遭遇來看，春城，似乎隱藏著什麼可怕的東西。

我猶豫了一下。剛剛險死還生的狀況，讓我實實在在的在鬼門關前繞了一圈。我甚至覺得，是不是有人用陰謀對付我。如果不是M將我從幻覺中拽出來，我可能就會在現實裡使出我的撒手鐧，之後就嗝屁了。

而害我的人，卻什麼損失也沒有。

「算了，暫時想離開春城避避風頭了。」猶豫再三後，我還是準備先離開再說。自己有種強烈的預感，如果不聽M的，不離開春城，或許我就再也沒有機會離開了。

「到時候我再派一個人來替我幫幫沈科他們一家子。」我剛下了決心，褲子口袋裡的手機就瘋狂地響了起來。

是沈科的來電。

電話對面，沈科和沈聰用可憐兮兮，驚嚇過度的聲音道：「老夜（乾爹），快來我家。徐露她（媽媽她）……」

我掛斷了電話，嘆了一口氣，望向兒童房的天花板。苦笑。

M，你的好意我心領了。

但是我有可能，錯過了最佳的時機，已經沒法離開這裡了！

第五章 一門之隔

一個小時前，距離我幾百公尺之隔的出租屋裡，沈科一家又遇到了怪事。

都說門是一個人一個家庭隔絕外邊的繁複、阻擋公共空間入侵私人空間的唯一工具。可是又有誰知道，每一次開門，都冒著一次風險。因為你根本無法知道，在那一扇薄薄的門背後，敲響你房門的，等著你的，到底是什麼！

我離開沈科的出租屋後不久，沈科因為有事，臨時去了一趟公司。家裡只剩下沈聰和徐露。

徐露收拾著家裡要洗的衣物，心不在焉地打掃清潔。沈聰在客廳拿著平板看卡通，就在這時，他突然聽到門外傳來了敲門的聲音。

「媽媽，有人來了。」小屁孩下意識地衝媽媽的方向喊道。

徐露在屋子的最深處，回了一聲：「幫媽媽看看是誰。」

「喔。」沈聰咕噥著，依依不捨地將卡通暫停，慢吞吞走到了門口。

這三房兩廳的破舊老房子的格局很特別，餐廳、廚房、浴室的門都擁擠在了入門的位置。沈聰越過三道門，站定在了大門前。

敲門聲，響個不停。

「誰啊？」沈聰問。媽媽教他，不能幫陌生人開門。

「我啊。」門外傳來了一個不男不女，很含糊的聲音。

「你是誰呀？」他奶聲奶氣地又問。

「就是我呀，我是爸爸。」門外聲音清晰起來，似乎真是爸爸的音調。

敲門聲，很有節奏。猶如沈聰玩具電子琴裡的伴奏，每一次敲擊，都不長不短，剛剛好。

「爸爸，你等一下，我馬上幫你開門。」爸爸回來了，沈聰有些開心。他的手摸到了冰冷的門把手，突然往後縮了一下。

金屬門把手，冰冷得刺骨。明明是夏天，外邊都熱到三十幾度了，怎麼門把手卻偏偏如此涼？彷彿剛從冰箱裡取出來似的。

聰聰雖然小，但是父母教得很好，很有危機意識。加上他古靈精怪的，本能地感覺事情有些不太對勁兒。

「爸爸，你真的是爸爸嗎？」沈聰狐疑道。

「聰聰，我是爸爸。」門外的敲門聲，逐漸變得急促起來。

「可爸爸從來不會要我幫他開門，他自己有鑰匙。」沈聰在提到爸爸的時候，下意識地用了「他」這個第三人稱。他的潛意識裡，已經察覺到房門外的人，或許，並不是老爸。

「我鑰匙忘帶了。好聽聽，替爸爸開門嘛。爸爸一個人在外邊，又冷又孤獨，好慘啊。」門外的聲音變得淒厲，拖長了尾音，聽得人不寒而慄。

沈聽冷哼了一聲：「爸爸明明是開車出門的，家裡鑰匙和車鑰匙在一起。怎麼可能忘記帶鑰匙。你到底是誰？」

門外的東西，沒有再說話。大門被狠狠地踢了一下，金屬的防盜門猛地顫抖著。接著，用腳踢門的巨大噪音傳了進來。

聽聽嚇了一大跳，他連忙手忙腳亂地將大門反鎖，又把防盜鏈扣好。

大門震顫著，門外的人一直不死心，拚命想要進來。它用的力氣越來越大，房子似乎都在顫抖了。沈聽看著地面上的鞋子在隨著門外人的踢踹而抖動，越來越害怕。

門外，到底是什麼人？要告訴媽媽，還是先打電話給員警叔叔？

沈聽小腦袋瓜子一轉，做了個有旺盛好奇心的小孩都會做的事情。他偷偷地站在換鞋凳上，將眼睛湊到貓眼上，往外看了一眼。

只看了一眼，他整個人都嚇傻了。

門外，什麼也沒有。

不要說人了，就連風都平靜無波。長長的走廊，感應燈滅著，漆黑一片。太詭異了，走廊上的老式感應燈是聲控的。只要發出喊聲就會亮。明明門被敲響得牆都要塌了，感應燈卻如同壞了似的沒反應。

對了，還有媽媽。門發出如此大的響聲，在陽臺上的媽媽也沒有出來看看。彷彿她，也沒聽到。

陰森森的感覺，流過了沈聰全身。他的腳一軟，險些從凳子上摔下來。

「開門，快，開門。嘻嘻。」門外傳來了充滿寒意的笑，笑的歇斯底里。它似乎察覺到沈聰在往外望，笑得更加可怕了。

「呀——」沈聰連滾帶爬的離門遠遠的，隨著門外的笑聲，金屬大門不知何時爬上了一層白霜。白霜在往外擴散，就像是食物長了一層腐爛的黴菌。

很快，大門就鏽跡斑斑、腐敗不堪、搖搖欲墜。

敲門聲，越發激烈。被腐蝕的門，眼看就要撐不住了。就在這時，媽媽走了出來。徐露手裡提著垃圾，奇怪地看了沈聰一眼：「你在幹什麼，怎麼坐到地上去了？沒規矩。」

「媽媽，門……」沈聰嚇得眼淚直流。

「門怎麼了？」徐露疑惑地看向門，老舊的防盜門好好的，和平時沒任何差別。

「有人敲門，剛剛門還爬滿了白霜了。還有，還有……」沈聰的話語無倫次，簡直被嚇傻了。

「別調皮。」看著有些反常的兒子，徐露沒怎麼在意，她揚了揚手上的垃圾：「媽媽去樓下丟垃圾，你乖乖在家裡待著。」

說著就要用空著的手打開防盜門。

「不要，別開門。」沈聰大驚，臉恐懼地扭曲起來。

門外的敲門聲諷刺似的，巨大無比。門在搖晃，可媽媽像是什麼也沒有聽到。沈聰拚命地阻止徐露開門，卻於事無補，只收穫了幾句罵聲。

門最終打開了。敲門聲戛然而止。防盜門外露出了黑漆漆的走道。走道裡，一隻乾枯、蒼白、爪子一樣的手，從黑暗裡探入，一把抓住了門邊。

黑暗盡頭，那一直潛伏著試圖進門的恐怖東西，終於要進來了。

沈聰小小的心臟受不了刺激，他「哇嗚」大叫著，什麼也不顧地衝入了一旁的廁所。死死地將門關上。

一扇薄薄的玻璃門，隔絕了安全和危險。他稍微放心了些。但是廁所門外，突然就安靜了。就連媽媽的聲音，也消失得一乾二淨！

無聲的黑暗，在磨砂玻璃外蔓延。進門的燈滅了，晦暗的死亡氣息爬上了廁所的門。沈聰害怕極了，他縮成了一團，抱著腦袋蹲在離門最遠的馬桶角落。

死寂，彌漫在門外。沒有媽媽的聲音，甚至沒有光。廁所的燈成了唯一的光明，艱難地抵抗著玻璃外的壓抑的灰敗色。所有從磨砂玻璃透出的燈光，都被黑暗吞沒，射不出去。

不知道過了多久。或許是一秒，或許是一萬年。寂靜無聲的門外，傳來了敲門聲。

敲門的人，很輕柔。

沈聰渾身一抖，將身體縮得更緊了。

「聰聰，是我，媽媽。快開門。死小子，你跑進廁所幹嘛？」徐露的聲音從門外傳來。

沈聰聽到那熟悉的話語，大喜過望。媽媽沒有出事，她就在門外邊。他謹慎地抬起頭。他發現門外的黑暗已經去盡，進門的燈亮著，燈光從外透過磨砂玻璃透進來。很溫馨。

「媽媽，媽媽。我馬上開門。」沈聰鬆了口氣，顫顫巍巍地站起身。

媽媽有些不耐煩：「快一點，我尿急。」

「嗯，好的。媽媽。」聰聰鼓起小勇氣，手摸在了門把上，輕輕的一扭。突然，他又意識到了不對的地方。媽媽剛才說她尿急？

這個三房兩廳的出租房有兩個廁所，明明大門口的廁所馬桶，入住的時候就壞了。媽媽是知道的，她怎麼可能進來上廁所。

不對，門外的人，不是媽媽！

沈聰心臟「砰砰砰」跳著，快要跳出了心窩。他嚇得不輕，準備死死地將門關上。可是已經晚了，不知何時，磨砂玻璃外的空間已經再次陷入了一片漆黑。一隻爪子似的手，伸過來。四根長長的尖銳指甲戳入了門縫裡。

燈光下閃爍著寒光的鋒利指甲極長，堅硬無比。無論沈聰怎麼用門碰撞，都沒辦法將指甲磕斷，將門縫合攏。

門，被指甲撬開了，縫隙越開越大。

乾枯的爪子，一點一點從門外的黑暗探入。門外的鬼東西「嘻嘻嘻」地發出陰森的笑。

沈聰恐懼的一步一步後退，他抱住腦袋，蹲在地上。無力地看著可怕的事情朝自己幼小的身體逼近。

就在門敞開一半多時，一個身影撲了上來。她一把抱住了門外的鬼東西，尖銳刺耳地大叫著：「聽聽，快逃！」

那是真正的媽媽的聲音，媽媽發出痛苦的呻吟，她似乎受傷了。沈聰很聽話，他什麼也顧不上了，硬著脖子，腦袋向前探出，往外衝去。他必須要逃出去，逃得遠遠地，找爸爸，找乾爹，找員警叔叔救自己的母親。

他衝出了廁所的門，他衝出了出租房的大門。在離開屋子前，他猶豫了一下，回頭望了一眼。

只見媽媽趴在地上，她身上流著血。進門的燈亮著，但是客廳的燈熄滅了。媽媽的腿就在黑暗與光明的交界處，她彷彿被什麼抓住了。

「快跑。」徐露見沈聰在看自己，無力地用嘴型說了這兩個字。之後在痛苦的尖叫聲中，被拖入了黑暗裡，聲音戛然而止，再也沒有了身影和聲息。

出租房的大門，啪的一聲響，被什麼東西合攏了。

那聲巨響驚醒了嚇呆的沈聰，他一邊嚎啕大哭，一邊衝下樓。好不容易找到樓下的警衛幫自己打電話給爸爸，還報了警。

沈科在電話裡聽完兒子結結巴巴的講述，大吃一驚的匆匆趕回家後，自己的老婆已經完全找不到了。

屋子裡，沒有徐露的任何蹤跡。

她，失蹤了！

我連夜趕到出租屋時，已經接近晚上十一點。沈科和兒子坐在客廳發呆，大門敞開著。地板上全是亂七八糟的腳印。顯然，員警派人來調查過。

他們看到我，就彷彿抓到了救命的稻草。沈聰哇一聲就哭了出來，拽著我的褲腿不放：「乾爹，一定要救救媽媽。她被怪物抓走了。」

「好，我一定將她救回來。」我摸了摸小屁孩的腦袋，他就一直掛在我腿上，哭個不停。

沈科嘆了口氣，他面前的菸灰缸滿了，另外拿了兩個空碗出來放菸頭。不知道這一會兒功夫，到底抽了多少菸。

我拖著腿將沈聰拖到沙發上，這小子哭累了，眼睛含著眼淚睡著了。可抓著我腿的手還是沒放。

「這小子挺喜歡你。」沈科笑容很黯淡。

「講講情況。」我看向他。

沈科當下將沈聽轉述的，關於徐露失蹤的事講了一遍。

我皺皺眉，上下打量了屋子兩眼：「那警方怎麼說？」

「來了一老一小兩個員警，滿屋子地看了一圈。簡單地做了筆錄。由於我不在現場，所以當時的情況怎麼回事，都是聽聽說的。警方明顯不相信他的話，認為是小孩的臆想。」沈科撓了撓亂糟糟的頭：「警方要我聯絡小露的娘家，認為她很有可能離家出走了。老員警說他會調閱附近的監視器，看看孩子他媽的去向。」

「你呢？」我盯著沈科的眼睛：「你相信自己兒子的話嗎？」

「當然相信。聽聽沒必要撒謊，而且我經歷過那晚兒童房鬧鬼的事。我覺得，自己一家真的是被什麼邪惡的東西盯上了。那鬼東西不只侵入了老子分期三十年買的房子，還跟我們到了出租房裡！」

我沉默了半晌：「總之，我先去瞅瞅徐露消失的地方。」

說著也沒管他，站起身來到了出租房的大門前。這破舊社區的老房子，防盜門大約也有二十年了，暗紅色的門漆面斑駁，金屬漆凹凸不平，每一次開合大概都有幾圈的漆會掉落。

不過門雖然老，但防盜的作用還是挺不錯的，仍舊堅固。門上的老式鎖有防盜鏈和防盜栓。

我用手摸了摸門，大熱天的，防盜門卻異常冰冷。冷得刺骨，自己的皮膚就如同碰到了冰塊般。讓我猛地打了個冷顫。

走出門外，我將大門合攏，靜靜地站在走道。這老小區的容積率很高，一層大約是兩電梯十戶，走廊呈長方形，兩邊都是密密麻麻的防盜門。每一個防盜門背後，就是一個家庭。

自己有些疑惑。如此密集的住戶，隔音也不算好，如果真有人瘋狂的敲門，隔壁鄰居怎麼可能聽不見？

也難怪員警並不相信沈聰的證詞。

不過我和沈科一樣，不認為沈聰會撒謊。所以，難道這小子看到的、聽到的，都是幻覺？就如同一個多小時前的我，在他原本的兒童房中看到的幻覺一個樣？

想到這兒，我又搖了搖腦袋。如果單純的用幻覺來解釋，很多地方又都解釋不通。走廊的燈很黯淡，在昏暗的燈光下，眼前的防盜門顯得無比詭異。

總覺得，門上似乎有什麼東西。

我猛地渾身一震，掏出手機，打開手電筒對著門照。強烈的白光打在門上，除了斑駁的歲月痕跡以及骯髒的表面外，並沒有發現古怪的地方。

不死心的我靈機一動，又從口袋裡掏出了鑰匙扣。鑰匙扣掛著多功能折疊工具，工具中有一個小型的紫外線燈。

當紫外線打在門上的一瞬間，我整個人猶如落入冰窟中。

防盜門上出現了平常肉眼看不到的東西，那是會令密集恐懼症發瘋的拳頭印。無數拳頭印重疊在一起。在紫外線燈下能夠顯露的痕跡，有很多種。但是唯獨這一個，是最令正常人恐懼的。

血。

發乾、被清除乾淨的血跡。眼睛早已看不到的血跡。

每一個敲擊在防盜門上的拳頭，都留下了血痕。真的讓人難以置信，我看著這些血拳頭，腦子裡腦補出了一個多小時前的畫面。

兩隻沾滿了血的雙手，瘋狂地擊打著防盜門。打得皮開肉綻，鮮血橫流也沒有停止。

果然，沈聽聽到的，就是這些拳頭打在門上的聲音。一個多小時前，確實有什麼人想要闖入出租屋裡。

我推開門，將紫外線燈照射在地上。

防盜門前，兩個血腳印站著。一步一步走入房間，來到了門一側的廁所。廁所的玻璃門上，也在紫外線燈下，露出了大量的血手印。

又推開廁所的門。

地面乾乾淨淨的，沒有可疑的痕跡。證明那東西，最終沒有侵入廁所。

但是自始至終，我都沒有找到徐露失蹤的線索。血腳印只有進來的痕跡，沒有出去的……

我再次打了個冷顫。這也就意味著，那東西，還留在出租屋內！

自己一陣頭皮發麻，瘋了似的從廁所衝出來，跑到了客廳。

客廳燈光亮著，沒有一絲聲息。剛剛坐在沙發上抽悶菸的沈科，以及躺在另一張沙發上睡覺的沈聰。

不見了。

我找遍了整間屋子，都沒有找到他們。繼徐露之後，沈科和沈聰爺倆，也在我眼皮子底下失蹤了。

自己頹然地坐在沙發上，看著碗裡半根還沒有抽盡的菸，兀自飄飛著淡淡的白煙。

這次真是他奶奶的見鬼了！

第六章　就在我身旁

人哪裡去了？為什麼消失前一丁點聲音都沒有發出。明明我就在一牆之隔的廁所裡，只要有任何動靜，我都能察覺到。

沈科是一個大人，沙發上還躺著一個熟睡的小孩。怎麼想，在沒有發出絲毫聲音的情況下，兩個大活人就蒸發了。

這太過匪夷所思。

我拚命地冷靜，再次尋找著兩人失蹤的蛛絲馬跡，可仍舊一無所獲。自己想了想，便將全屋的燈都關上。

夜色散入房間，黑暗淹沒了我的身影。我在黑暗裡站了一會兒，打開了紫外線燈。肉眼看不到的蹤跡，頓時出現在熒熒的紫色中。

綠油油的反光一串連著一串。

那是血腳印。血腳印還很新，覆蓋在灰塵以及地板的雜物上。它從門口走了進來。我的背脊發毛。綁架了沈聰和沈科的怪東西，竟然大大咧咧地從我身後走過，我卻完全沒有發現。

血腳印一直往前走，走入了客廳。它在沈科和沈聰跟前停留了一會兒。接著腳印變得沉重，像是拖拽著什麼東西。

腳印在紫外線燈下，直直向著主臥去。來到床前時，消失不見。

我跟著腳印走，停在了主臥床前。打開臥室燈，明亮的燈光將屋裡的一切照的纖毫畢露。簡陋的出租房裡，只有老舊骯髒的雙人彈簧床以及一排至少有二十年歲月的衣櫃。衣櫃和床下之前我就找過好幾次了，沒什麼東西。

不死心地又找了一次。還是沒有將突然失蹤的沈科兩人找到。被我移開的床下空間空蕩蕩的，除了棉絮似的糾結在一起的大量塵土外，一無所有。

可是血腳印，明明消失在了床前。

我猛然想起了沈聰講述的事，他說幾天前自己的床下有怪物。難道抓走他和他老爸的，就是那怪物？

自己感覺很累，沈科家最近發生的所有事都讓我一籌莫展、匪夷所思。如果沈聰床下真有怪物，那怪物的模樣，肯定很可怕。

畢竟從出租房留下的跡象看，那怪物或許沒有皮膚，沾滿了濕答答類似鮮血的液體。那種液體離開身體會立刻蒸發，最終留下的殘痕，只有透過紫外線才能看清楚。而且，它能思考、會交流，還說人話。

這世上，真有如此可怕的怪物？類似的怪物，自己一直以為只有童話或者兒童讀物裡才會出現。

我用刀小心翼翼地刮了一些怪物的體液殘留物下來，準備明天找一家熟悉的化驗所分析成份。

沈科一家三口都在一天之內失蹤。至於原因，完全沒有頭緒。出租房我也沒敢久待，在逼近午夜十一點半前離開了。

八月二日一大早，我來到籬笆社區所在的社區派出所。準備要從闖入沈聽房間的那名男子身上找線索。

在大門口，剛打完電話。張哥就小跑著衝了出來。

「小夜，小夜，俺想死你了！」張哥虎背熊腰，正宗的東北漢子。幾年不見，肌肉少了，啤酒肚倒是長大了。一見到我就準備來個熊抱！

我不動聲色的往右漂移兩步，躲開了。這張哥是我的表哥夜峰的同事。當初表哥在柳河警局工作，因為出了事情，整個警局的人死得差不多了。張哥運氣好，出外勤逃過一劫。而表哥夜峰也因那件事性格大變，辭掉工作，遠離故土。追尋著犯人的腳步，想方設法要將至今都逍遙法外的犯人繩之於法。

俗話說衙門裡有熟人好辦事。張哥混了這麼多年，混成了派出所副所長。他熱情地吆喝我到辦公室，親自倒了杯茶給我。

剛落坐，他的表情就變了。

「小夜，你要我幫你調查的那傢伙，可不太好搞。」張哥點燃一支菸，抽了兩口。

他拿菸的手微微發抖，似乎在害怕。

有什麼事情，居然令這個面對黑幫十多枝槍也敢隻身衝上去的壯漢恐懼？這讓我十分好奇。

「出什麼事了？」我問。

張哥搖了搖腦袋：「我們抓的那傢伙，有點不太對勁兒。」

「精神有問題？」

張哥又搖頭：「不，不是說腦子。整個人都不太對，而且許多地方，跟他以前的資料也對不上。」

我被他的話弄得迷糊了。

「那個人因為沒有造成實際上的犯罪，所以只是暫時拘留在我們這。最終到底是以非法入室罪、還是綁架未遂罪名關押，甚至算不算刑事案件，能不能上法院，派出所內部都很有爭議。」

張哥從抽屜裡掏出一疊檔案，啪的一聲扔在我面前：「你看完，我再帶你去審審他。」

我默不作聲地將檔案翻開。映入眼簾的就是一張生活照，一個體重至少一百公斤，身高只有一百六十五的大胖子坐在電腦椅上，喝著可樂。因為太胖了，年齡看不太出來。不過檔案上有——李子軒，二十九歲。

這個看起來貌不驚人，就連體型都會讓人覺得他走不了遠路的李子軒，正是幾天前闖入沈聰的房間，潛伏在衣櫃裡，帶著繩子和刀，不知道想對沈聰幹什麼的傢伙。

也是沈聰口中的壞人。

李子軒，名字挺文雅，可惜了。我皺了皺眉，回想起沈聰的衣櫃，高度不論，深度只有五十公分，李子軒如此大的身形，到底是怎麼躲進去的？被發現後竟然還撞破窗戶，從二樓跳下，最後逃了幾條街才讓人抓住。

難道胖子其實都有一種靠著意志力就能變輕盈的超能力嗎？

我抬頭，見張哥在發呆，菸也沒抽了，任憑燃燒的菸灰落到地板上。他顯得憂心忡忡。自己本能地嗅到了一股不祥的氣息。

沒開口問，低下腦袋繼續看檔案。

檔案條列了李子軒從小到大的經歷。父母是普通的市政職員，退休金也很普通。他從小就有些內向，不合群。所以經常遭到校園霸凌。大學時候短暫交往過一個相貌普通的女朋友，沒多久就分手了。

二十二歲畢業後因為找工作受挫，乾脆躲回了父母的家，靠著啃老過日子。一啃就是七年。這五年時間，他基本大門不出二門不邁。他的生活很簡單，體重也從五十五公斤，長到了一百多公斤。

李子軒沒有任何案底。

我從這份資料中，沒有看出不妥的地方。警方甚至調查過他和沈科一家的關係，李子軒和沈科一家三口從來沒有任何交集。甚至在網路上，也沒有過摩擦。如同兩條互不知道對方存在的平行線。

這對平行線不知為何，就在七月二十六日那天，被某種力量強迫重合了。

我揉了揉太陽穴，感覺頭痛：「果然要去見見本人。」

「那就去見見李子軒本人吧。」張哥扯著臉皮強自笑了笑：「看到他的時候，可不要太驚訝。」

「就一個普通人罷了，驚訝什麼。」我撇撇嘴，對他眼裡射出的戲謔有些不以為然。

從三樓的所長室往下走，一直走到地下一層。審訊室到了。張哥打開門和我走了進去。裡邊有一個小員警正在盯著桌子對面的男性，小員警滿額頭冷汗，似乎就快要到了爆發的邊緣。

我奇怪地看了他一眼。張哥吩咐小員警出去，小員警如釋重負地鬆了口氣，抹了額頭的冷汗一把，逃也似的離開了。

小員警的臉上，竟也充滿了恐懼。他在怕誰，怕對面的男子？

淺藍的審訊桌對面坐著一個瘦骨嶙峋的男人。他太瘦了，看起來不到三十五公斤。穿著比身材寬闊許多的白T恤，頭髮亂糟糟的。臉上的眼窩深陷，乾癟的皮膚猶如上了年紀的老人，一層一疊的貼著臉頰。晃眼看，如同一隻陰森森的垂死哈皮狗。

「他是誰？李子軒呢？」我問張哥。

張哥對著那瘦到極致的男子努了努嘴。

我頓時張大了嘴：「這怎麼可能！李子軒明明一百多公斤，眼前的人瘦成這樣，怎麼可能是本人？」

瘦弱的男子低垂著腦袋，但他的眼睛卻是上翻的，白森森的眼珠子直直盯著我。從我進來後就一直盯著我，沒有說話。

我在他身上，嗅到了瀕臨死亡的氣息。

「不信吧，剛開始我調查他身分的時候，也不敢相信。」張哥緩慢地說。

「這張照片是什麼時候拍的？」我翻開了檔案中，關於李子軒生活照的那一頁。

「這是十幾天前，他上傳到朋友圈裡的生活照。」

我難以置信，「也就是說十幾天前李子軒都還有一百多公斤，可是十幾天後，憑空瘦了至少六十公斤。這太不科學了。如果是真的，全世界想要減肥卻喝水都會胖的美少女們一定會瘋掉。」

「我一定會先瘋掉。」張哥看著李子軒，眼神裡竟然有一絲懼怕：「這傢伙怪得很，你小心些。」

「張哥，你們怎麼確定他就是本人？不是冒名頂替。」我還是有些不願相信。

「李子軒前些日子辦過二代居民身分證。」

我頓時明白了。二代居民身分證需要錄入指紋，一對比指紋就能知道他究竟是不是被人換了身分。也就是說，李子軒確認無疑就是眼前這個人。但是短短十幾天時間，他身上究竟發生過什麼可怕的事情，能令一個一百多公斤的肥宅將脂肪全部燃燒掉，變成如今瘦骨嶙峋的模樣？

還有，小員警也好，張哥也好，為什麼會怕他？

我坐到李子軒對面。他仍舊翻著眼白盯著我，我也回瞪了過去。我們就這麼互不相讓地瞪了好一會兒，突然，他笑了。

「你可真有意思。」李子軒笑得滿身垂掉的皺摺都在搖擺：「夜不語先生。」

我和張哥同時大吃一驚。他怎麼知道我的名字的？

「你似乎知道我會來？誰告訴你，我的名字的？」我腦子裡閃過了一連串的疑問。

李子軒嘿嘿地笑了兩聲，眼睛沒有看我，眼珠子向右傾斜。彷彿告訴他的人就站在他的右側。

我和張哥身上毛毛的，下意識地向右看。審訊室裡空蕩蕩的，除了我們三人，沒別人了。

「裝神弄鬼的。」張哥使勁兒呸了一下。

平靜了片刻，我繼續問：「李子軒，你為什麼要在七月二十六日潛入沈科家。你想對他家的小孩幹嘛？」

「不幹嘛，嘿嘿。」想了想，李子軒睜大了眼，對著右側的空氣溫柔道：「妳要我告訴他？好好，都聽妳的。乖。」

說完，他看向我：「是我老婆要我去他家的。其實什麼沈科沈聰的，我根本不認識，也不在乎。」

張哥「啪」的拍了一下桌面：「李子軒，你根本就沒老婆。」

曾經的肥宅翻了翻白眼：「我當然有老婆。就在我家裡，她一直陪著我。她溫溫暖暖的，滑滑溜溜的，摸起來很舒服。我喜歡她，超過愛自己。」

這番告白令張哥更怒了：「再說一次，李子軒，你根本沒有老婆，也沒有女朋友。你在家宅了好幾年了，連門都沒有出過。我查過你的電腦，調過你的手機以及各種通訊軟體。你就連網路上，也從來沒有交過女友。」

「你不懂。」李子軒丟給他一個鄙視的眼神。

這傢伙神經明顯有些不正常，我連忙接過話，「你說是聽你老婆的話，所以才會潛伏在沈科家的兒童房裡？你老婆和他們家有仇？你想替你老婆報仇？」

「不是不是，我怎麼可能幹這種事。我膽子小。而且，我家老婆不可能和任何人有仇。」李子軒搖頭：「老婆說，要跟我玩一個遊戲。」

「什麼遊戲？」

「藍鯨遊戲。」瘦得皮包骨頭的肥宅說：「只要這個遊戲破關，我就能永遠和她在一起了。」

他笑咪咪的，眼神裡全是嚮往。

我和張哥對視一眼。

「所以綁架沈聰，只是為了玩一個遊戲？」我摸了摸鼻翼。

「對。當然，我老婆要求的，可遠遠不止綁架沈聰。」

「你們倆的遊戲選項裡，難道還有什麼更嚴重的東西？」我捏了捏手心。

李子軒乾笑：「嘿嘿。不告訴你。」

「我記得藍鯨遊戲，分為幾個步驟。你們玩到第幾步了？」

「快了，快了。」肥宅又沒正面回答。

我眯了眯眼，突然道：「該不會是已經完成的差不多了吧？綁架沈聰，是最後一個遊戲？」

李子軒又乾笑了幾聲，這傢伙該裝傻的時候，一點都不含糊。精神有問題的人，絕對不會這樣。他的精神既然沒問題，可為什麼卻讓人覺得瘋瘋癲癲的？難道是，故意裝的？

不，說他完全是裝的，也不太對。

我之後跟他扯了接近十分鐘，始終沒有問出有營養價值的資訊來。李子軒翻來覆去地就是在講自己那莫須有的老婆是如何好，如何漂亮，對他如何專一。

「對了，我很好奇。你是怎麼做到十幾天之內，瘦了六十幾公斤的？」默默聽他胡侃了很久，我打斷了他。

李子軒一愣之後，純潔地笑著：「我的肉啊，給我老婆了！」

他的笑和話，讓我和張哥同時頭皮發麻。什麼叫把肉給老婆了，身上的肥肉還能隨便給誰嗎？那可是六十公斤的人體組織，不是菜市場可以買賣的豬肉。

見實在問不出東西，我沒有再浪費時間，準備離開了。臨出門時，我猛地轉身，盯著李子軒的眼睛說：「你知道嗎。沈科他們一家，昨天全都失蹤了。」

李子軒渾身一抖，低下了腦袋，接著身體抖個不停。不知道是高興還是害怕。

我和張哥回到了三樓的辦公室，肥宅也被押回了看守所。

我倆坐在沙發上發了一陣子的呆，張哥這才開口道：「那什麼藍鯨遊戲，你知道是怎麼回事？」

「大略知道一些。」我點頭：「怎麼，你們審問了他六天多了，難道他啥都沒有說過？」

「這傢伙看起來笨笨弱弱的，嘴巴硬得很。無論你問他什麼，只是嘿嘿地傻笑。」張哥嘆了口氣：「他今天對我倆說的話，是最多，最有價值的了。」

「但是，他似乎認識你。」張哥看著我。

「不，他不認識我。」我搖頭：「我進來的時候，他一直都沒有看我。不，就連跟我說話的時候，他也沒有真正地看過我一眼。不是在他的右邊，就是視線越過了我的身體，看著我的背後。」

「他看自己右邊的時候，充滿了愛意。看我身後時，一臉恐懼。我的背後，有什麼嚇到他了。」我對自己的分析很納悶。從這方面看，李子軒有典型的精神疾病的特徵。可他的眼神清明，又不像個精神病患者。

這傢伙，太讓人不解了。說一千道一萬，最重要的線索，恐怕就是他最近十幾天，到底經歷過什麼？他口中的老婆，又是怎樣的存在？無論如何，都有必要去他家查查看。

「對了張哥，你們警局很多人，似乎都有些怕李子軒，這是為什麼？」我見張哥又陷入了沉思中，問出了自己的疑惑。

「你還是先告訴我，什麼是藍鯨遊戲吧。」張哥擺擺手。

我整理了一下思路：「藍鯨遊戲，據我所知，是一款由叫做Philipp的俄羅斯人設計的死亡遊戲。參與者主要是十到十四歲的青少年。參與者加入後，會受到組織者的擺佈，必須完成五十個任務，如凌晨四點二十分起床、看著鏡子中的自己。最後幾項任務，往往是自殘、自殺行為。該遊戲已導致一百三十名俄羅斯青少年自殺。」

「去年，設計者在俄羅斯被逮捕。但是遊戲已經在全球如同傳銷一般擴散，在全國各地都有青少年被蠱惑，玩類似的遊戲。參與者加入後，如果害怕不願意再接受任務，會被其他參與者或組織者威脅、恐嚇。甚至殺死。」

張哥眉頭緊皺，「聽你這麼一說，我好像前段時間在開會時聽長官提過。說藍鯨遊戲侵入春城了。」

他在抽屜裡翻了翻，找到了一份文件，唸道：「近日發現，我市已經有五十二人參與了一款叫做藍鯨的遊戲。其中二十二人有自殘行為，二人因參與過深，精神出現異常被送進精神病醫院治療。參與者年齡最小的十一歲，最大的二十九歲。請各單位嚴肅盤查情況，如有發現青少年參與此類遊戲，必須妥善處理。」

「據說我們一個局上長官的女兒也偷偷玩過這遊戲，險些精神崩潰。」張哥摸了摸下巴，仍舊疑惑重重：「但是不太對，李子軒如果真的只是因為在玩藍鯨遊戲，如果真是人為原因的話，根本就解釋不了發生在他身上的怪事。」

「他身上的怪事？難道不止十幾天內瘦了六十幾公斤嗎？」我個人覺得，這件事已經夠怪異了。

「遠遠不止。」張哥搖晃著腦袋，示意我跟他走。

他帶我去了警局的監控室，讓員工調出監視器記錄。

「你看了不要驚訝。這個李子軒呀，不簡單。」張哥欲言又止，顯然是怕我先入為主：「他從街上被逮住後，一直關在派出所，因為這個案子有些複雜。上頭不知道該算民事案件，還是刑事案件。而且最近他家人請了律師，律師一直試圖用精神錯亂作為理由，替他辯護脫罪。」

「你看，這是他被關進來的第一天晚上發生的事情。我先請你幫我解釋一下，這他媽是不是鬧鬼了！」

我沒開腔，靜靜的看著監視畫面。

彩色的螢幕上，照著一排監牢。螢幕右上角顯示著時間，七月二十七日凌晨五點一刻，穿著破破爛爛，用繃帶包紮了好幾處的李子軒被關進最中間的牢房。

牢固的鐵欄杆後邊，他靜悄悄地坐在牢房中央。沒有坐在床上，也沒有睡覺。眼睛直愣愣地看著一個地方。

他在看，床底下！

第七章　右手沒了

電影《怦然心動》裡說，這世上，有人住高樓，有人在深溝，有人光芒萬丈，有人一身鏽。可真相不過是，那些住高樓、光芒萬丈的人，只是將一身鏽，妥帖地藏好罷了。

人生，大抵如此。

過了七年肥宅生活的李子軒的人生，在大眾的審美道德觀中，無疑是一身的鏽跡。不過那身鏽，在懦弱得不敢走出房門一步的人看來，也不過如此罷了。

人類獨處在自己的世界中，就不用再去在乎別的人類的無聊看法了。我從來都對宅文化保有尊重，因為，那是個人面對晦暗社會一種自我保護的選擇。

只是李子軒的宅生活，到底是被什麼打破的？他為什麼被關後，一直看著牢房的床下方？

這令我百思不得其解。

監視畫面中，李子軒先是一動不動地坐在房間正中，他看著床下的表情有一絲警戒和害怕。

可派出所的臨時監牢本就簡陋，所謂的床就是一張長兩公尺，寬八十公分的金屬板。床底下一目了然，明明什麼都沒有。

看了大約一個多小時後，李子軒動了。他不知道被什麼給嚇到了，嚇得渾身發抖。他整個人趴在地上，下巴抵著地面。眼珠子更加出神地瞪著床下方。

巡邏的員警趕巧走過來，看到李子軒那怪異的姿勢，立刻用警棍敲了敲欄杆。金屬的碰撞聲響徹了平靜的空間。

李子軒彷彿沒聽見，仍舊用力地盯著床底下。

「喂，你。床上去躺著。」那員警厲聲喝道。

他這才緩緩地用艱難的姿勢，將腦袋轉過來：「不行，我得盯著它。不然它會出來殺掉我。」

「誰會殺你。這裡是警局，沒有人敢殺你。」

李子軒搖頭：「你看不到它，只有我能看到。小心，它要從床底下爬出來了。」

隨著李子軒的驚呼，他的視線也在跟著移動。從床下移動到床側，又移到了欄杆邊上。突然，李子軒陰惻惻地笑了，很明顯地鬆了一口氣：「還好，今天它不會找我了。」

他看向了那員警的背後。

員警被他看得毛毛的，背上涼得厲害。他猛地回頭看了一眼，背後，什麼也沒有。

「裝模作樣的。你這種人老子我見多了，要不是現在管理嚴格了，老子早就揍你一頓了。」那員警洩憤似的又敲了敲金屬欄杆。

可就在這時，他驚訝地瞪大了眼睛。

原本應該發出的巨大碰撞聲沒有出現，他的警棍，似乎打在欄杆前幾公分處，就再也打不下去了。警棍和欄杆之間的空氣裡，彷彿隱藏著某種肉眼看不到的東西。

「他說，你也是個壞人，今晚要懲罰你。」李子軒呵呵笑著。

他的話音剛落，員警手裡的警棍唐突地被什麼拽住，扔到了一旁。他尖叫了一聲，整個人倒在地上。

員警被一股無形的力量抓住了腿，倒拖著往監牢走廊的深處快速移動，眨眼間就離開了監視器的範圍，消失不見。

李子軒笑嘻嘻地看著員警被拖走，那一整晚，他都睡在地板上，根本沒有挨過床。

監視記錄到這裡就結束了。

我看得目瞪口呆。

張哥在「禁止吸菸」的標誌下，點燃一根菸，抽了兩口說道：「六天前，被拖走的兄弟吳嘉。那晚他失蹤後，就再也沒有被找到。明明是在警局裡失蹤的，而監牢走廊的盡頭，也只有一面牆壁罷了。可我們挖地三尺，都沒有將他找出來。活要見人，死要見屍。他就那樣，蒸發了！」

「那個叫吳嘉的員警，到底有沒有做什麼壞事？」我下意識地問了一句。

「幹我們這行的，多多少少都有違規的時候。吳嘉平時人不錯，暗地裡確實做了些虧心事。內部早就針對他調查了。不過，這是機密，我也不好跟你說。」張哥嘆了口氣，拍了拍監控室的手下，接著放五天前的監視器記錄。

記錄以二十倍的速度播放著，李子軒除了吃飯，一直都躺在地板上，直愣愣地看著床底下。

他晚上似乎不敢睡，白天睏了，也是打幾分鐘的盹。他，絕對不靠近床。

張哥解釋說：「這傢伙說床下有東西，不敢睡床。他堅持只躺地板。沒有人知道他究竟在害怕什麼。」

不知為何，我的腦子裡閃過了一個驚人的想法。李子軒潛入沈聰兒童房時，沈聰曾說有一個怪物潛伏在床下。那個怪物，是來抓壞人的。

而壞人，就是李子軒。

在李子軒趁著夜色靠近沈聰，想要對他做什麼的時候。他的惡意行為卻突然停止了，當時我就猜測，是不是意味著他看到了床下潛伏的東西。被嚇得撞破窗戶逃了出去。而那怪物，一直跟著李子軒，從街上，跟到了牢房裡。

除了李子軒外，沒人能看得到怪物的身影。李子軒躺在監牢地上，眼睛一眨不眨地盯著床下，他盯的，就是那怪物。

怪物在床下和他對視。所以李子軒根本不敢睡覺，他怕一睡著，怪物就會將他拖走。

我越想越覺得這極有可能。可問題又回來了，七月二十六日躲在沈聽床下的怪物，究竟是怎樣的存在？它為什麼會懲罰壞人？

七月二十七日午夜，拖走做過惡事的員警，讓那員警生死不明的不明力量，會不會也是那怪物？

而沈科一家三口的失蹤，是不是同樣是那只怪物幹的？

疑惑實在太多了，訊息量實在太大，我感覺自己腦袋都要爆了。沈科一家失蹤的線索，我完全沒有頭緒。冥冥中，我覺得那李子軒玩的藍鯨遊戲、那嫉惡如仇的怪物，或許之間有著某種關聯。

只是那關聯，我暫時沒有找到關鍵的線索去證實。

監視記錄上的李子軒一直躺著，一動也不動。如果不是偶爾眨一下眼睛，如果不是螢幕右上角的時間不斷地在跳動，他的模樣恐怕會讓人感覺監視畫面是不是停了。

當畫面來到了七月二十八日的午夜時分，李子軒突然站起身。他驚恐的視線順著床下空間一路往上，彷彿看到了床下的什麼東西爬了起來，站了起來。

那無形的東西從李子軒仰頭的姿勢判斷，大約有兩公尺高。空氣變得壓抑，李子軒一步一步地向後退，直到退到監牢盡頭，背死死地靠著牆壁。

他大口大口的喘息，眼神裡全是絕望。無形之物在不斷逼近他，周圍的空氣在變冷。冷得監視器鏡頭上都蒙上了一層水霧。

水霧朦朧中，令人錯愕的一幕發生了。李子軒如同被一隻無形的手掐住了脖子，他整個人都被提了起來。蜷曲的身體拉直，背部摩擦著粗糙的牆壁。由於摩擦力太大，囚服擦破了，皮膚出血。血順著牆流了下來。

李子軒拚命的用手撐住腦袋，雙腳在空中不斷的亂踢。

他還在往上升。沒多久腦袋就碰到了監牢的天花板。就在他窒息的眼珠子發紅，快要死掉的時候。一個巡邏員警從遠至近，來到了他的牢房前。

李子軒「啪」的一聲，從天花板上摔下來。屁股著地的他來不及喊痛，只是大口大口地呼吸，掙扎著將骨瘦如柴的軀體躲到牆角的陰影裡。彷彿這樣做能為自己帶來安全感。

「你在幹什麼？」巡邏員警見他一臉死裡逃生的狼狽模樣，感覺莫名其妙。

李子軒翻白著眼珠子瞅了員警一眼，立馬低下了頭。

「停！」畫面到這兒，我突然大喊一聲停。

張哥一頭霧水地看向我。我沒解釋，指揮監控室員工將李子軒的臉放大，放到最大。由於現在的監視系統升級，不只能記錄下聲音，攝影也很清新。再加上鏡頭又正對著李子軒的牢房。這讓我在一個瞬間，看到了李子軒翻白的眼眸中的某個反光。

隨著螢幕上監視畫面放大，他眼睛裡的反光也越來越大，最後眼白裡倒影出來的東西，出現在我們眼前。

張哥倒抽一口涼氣，嚇得寒毛都豎了起來。

我們都看到了李子軒當時看到的東西。那是一個灰濛濛的影子，有著朦朧的人形。最可怕的是，那東西，就站在巡邏員警的身旁。可員警根本就沒有察覺。

「繼續播。」我穩住狂跳的心臟，示意被嚇呆的操作員繼續播放。

螢幕上的畫面開始恢復正常，以三十幀一秒的速度流逝。李子軒在黑暗裡，把腦袋壓得低低的，死都不敢多往外看一眼。

巡邏員警看不到身旁的灰影，他突然縮了縮脖子，說了一句：「怎麼這麼冷，明明大熱天的。」

說完他也沒管李子軒，準備繼續向監牢深處巡邏。可剛走了幾步，他便猛地停住了腳步。腦袋微微向右傾斜，彷彿聽到了什麼聲音。

「喂，是你在叫我嗎？」員警皺了皺眉頭，衝牢房裡的李子軒問。

李子軒堵住耳朵，一聲不吭。

「難道是我聽錯了？」巡邏民警狐疑地用手摳了摳耳朵孔，突然，他似乎又聽到了什麼聲音。

「咦。」他左右轉動腦袋：「誰在叫我？」

畫面裡，他周圍空蕩蕩的，除了燈光下他拉長的影子外，什麼也沒有。

「他叫趙岩，挺老實一個人。那晚他嚇慘了。」張哥指著螢幕輕聲對我說：「也怪我們，吳嘉的失蹤沒有引起我們的警覺。」

我問：「他也出事了？」

張哥頓了頓，沒有回答：「你接著看下去。」

那個叫趙岩的員警在拘留所的監牢走道上彷彿不斷聽到有人在喊他，可是畫面裡，並沒有任何聲音。他不停地轉著身體，試圖辨別聲音的來源。可聲音，如同圍著他轉似的，一直在繞圈子。

「手，手沒了？」趙岩很遲鈍，他總算察覺到今晚有些不太對勁兒。聽到耳中的聲音拉長了音調，讓他毛骨悚然。他好不容易才聽清楚那聲音，並不是在叫他的名字。而是在說著三個字，他複述了出來。

「手沒了？誰的手沒了？」

趙岩大聲厲喝道：「什麼人在裝神弄鬼，滾出來。真以為老子會怕啊？」

「嘻嘻。」

在螢幕前的我與張哥三人，頓時冒起一股惡寒。從畫面中，我們能清晰地聽到揚聲器裡傳出了類似嬰兒的嘻嘻笑聲。

哪怕是聽了許多次，張哥依然害怕得不得了。那笑冰冷地滲入骨髓，會繞著腦袋久久不消失。

膽。

「誰在笑！他媽的，故弄玄虛。」趙岩明顯害怕了，藉著一聲大過一聲的吼叫壯

「你的手，沒有了。」

「你的右手，沒有了。」

嬰兒的笑聲消失了，隨之而來的接連兩聲竊竊私語。明明很小的聲音，可我藉著監視畫面，仍舊能聽得清清楚楚。就像是有人湊在我耳朵畔說話似的，弄得耳朵孔癢癢的。明明知道是幾天前發生的事情，我還是感覺陰森無比。

就連監控室，都變得詭異起來。

「你他媽的右手才沒有……」趙岩大罵著，話音還沒落下，他就慘叫了起來。

他的右手不見了，突然就不見了。哪怕我睜大眼睛看得仔仔細細，也沒弄明白他的手究竟是怎麼消失的。只不過一瞬間，趙岩右手沒了，之後隔了幾秒，血液才噴濺而出，染紅了他周圍的地板、天花板和牆面。

趙岩痛得尖叫，痛得在地上滾。血流不止，很快地上就被血弄得黏糊糊的。就在趙岩快要因為失血過多而死去時，才有一個女員警準備進來換班。見到沒有手還不停噴血的趙岩，一直坐辦公桌從來沒有去過兇殺案現場的女員警當場放聲尖叫。

她連忙跑出去叫人，幾個員警迅速採取急救措施止血後，將趙岩抬了出去。

監視畫面的混亂隨著員警離開，又平靜了下來。一直在陰影裡的李子軒終於敢動

了，他如釋重負，看了看周圍。眼睛最後落在牢房的鋼板床下。

似乎他眼裡一直想要殺掉他的恐怖怪物，又潛伏回床下。

我有點冷，用雙手抱著胸口：「趙岩沒有直接被殺，他只是右手沒有了。所以他後來沒有死，對吧？」

「對。」張哥點點頭，「他現在還在醫院裡躺著。他的右手和吳嘉的屍體，明明是在拘留室的密閉空間裡消失的。可至今，我們仍沒有找到。」

他在說到吳嘉的時候，用了「屍體」這個詞，顯然是認定吳嘉兇多吉少了。

我用手指敲了敲桌面，不斷思考著：「這事越來越麻煩，離奇的地方實在太多。為什麼趙岩失去的僅僅只是右手？」

張哥苦笑，「趙岩在工作上，態度沒得挑。但是私下的人品也不怎麼樣，打老婆、打孩子，藉此發洩平時工作的壓力。他，據說一直都用右手毆打妻兒。」

我陷入了沉思中。那怪物知道人性的惡，懲罰的都是作過惡的人。可是為什麼那怪物，要一次次地放過它盯著不放的肥宅李子軒呢？這令我百思不得其解，難道懲罰李子軒的時機，還沒到？

明明懲罰他對怪物而言，只是舉手之勞罷了。還是說，其中有什麼隱情，是我現在並不知道的。

「之後我把拘留室的巡邏值班人員全換了，特意讓沒有什麼問題的人值班。後面的日子終於風平浪靜了。」張哥讓工作人員關掉了監視畫面，對我說：「你明白了吧，為什麼我們整警局的人，對那個李子軒都有些發悚。」

「完全明白了。」我緩慢地點了點頭：「把他家的地址給我，我想去他房間看看。」

「他房間我們都搜過了，並沒有什麼可疑的。」張哥說。

我不置可否：「我始終想去親自瞅瞅。」

張哥不囉嗦，把地址發給了我後，我便急匆匆地開車朝李子軒的家趕去。沈科一家生死不明，自己根本沒有時間可以浪費。節省每一分每一秒，或許都是拯救他們的最後時機。

肥宅李子軒的家在新新大廈 2103 號房，離沈科住的地方不遠，甚至都屬於爛棺社區範圍。兩個從來沒有交集的家庭，距離卻那麼的近。危險這種東西，比所有人預料的都要來得容易。

你身旁笑著的每一個人、後頭瞅你一眼的每一個人，誰知道下一秒他會對你做什麼。哪怕你們素不相識。在這安定祥和的社會裡，卻暗藏著腐爛，一如人性，矛盾得很。

敲了敲門，沒有人回應。想想也對，兒子被關起來了，和他住在一起的老兩口並不在，大概是為了李子軒的事到處奔走。我在房門前站了一會兒，仔細觀察周圍的環境。這棟樓的樓齡也有十幾二十年了，監視器建置得並不完備。走道黑漆漆的，大門又在拐角的地方。

很好，自己闖空門進去絕對不會被任何人發現。事實上我也不好跟李子軒的父母接觸，畢竟作為被害者沈科的朋友，我要對那老兩口說什麼？說自己是來搜集線索的？屁的咧，稍微有常識的人都會把我趕出門。老兩口肯定不會讓我進去亂翻亂找，免得一不小心找到了對自己兒子更不利的線索，那就不好玩了。

用萬能鑰匙簡單就打開了房門，保險起見，我又在大門拐角的隱密處貼了一塊指甲大小的紅外線門鈴。只要有人靠近門，門鈴就會發送警告到我的手機，我也好有足夠的時間躲起來或者逃出去。

門打開後，我聞到了一股長期住著老年人的屋子都會有的不好聞氣味。那些氣味混雜著膏藥、中藥和老年人的體臭，以及一些說不清道不明的很難說清楚的味道。

一時間臭得我想要捂鼻子。

我忍了。

李子軒和父母一起居住在這間兩房的屋子裡。客廳餐廳都很簡樸，家具是二十年以上的款式，散發著老舊殘破的氣息。餐桌有好幾次修補的痕跡，桌面不知何時就壞了，被主人蓋上一塊長方形的防火板接著用。

顯然，這家人的經濟狀況並不怎麼好。

我推開的第一個房間，是老兩口的臥室。裡邊一張上世紀自己用木頭打的床，一個衣櫃，就沒什麼東西了。

裡邊的房間就是李子軒的。當我推開門的時候，皺了皺眉。他的房間不大，大約十三平方公尺。但是屋子裡的家居擺設很新潮，雖然也不是特別豪華，但絕對是現代簡約風格。沒用幾年的床、衣櫃、書架和電腦桌。和這個家顯得格格不入。

我嘆了口氣：「可憐天下父母心。老兩口省下來的錢，八成都拿去給兒子宅了。」

李子軒的電腦配備不錯，不過主機裡的硬碟已經被警局帶走調查了。書架上有大量價格不菲的珍藏版遊戲和人形 PVC。我搜尋了一圈，並沒有找到可疑的東西。

「他嘴裡提到的老婆，到底是怎樣的存在？」我站在房子中間，覺得有些一籌莫展。宅男口中的老婆，大約都是一些宅男女神以及人氣動漫女性，甚至有可能是一款戀愛遊戲的女主角。

這範圍太大了。

而李子軒又很博愛，他的人形 PVC，基本上熱門的動漫、遊戲女性人物都有。難道真如張哥所說，在這個屋子裡根本找不到有用的線索？

我頹然地走出李子軒的房間，準備另想辦法，從另一個方向入手尋找沈科一家的下落。就在我踏出房門的一瞬間，自己整個人都呆住了。

怎麼回事。幾分鐘前進來時，客廳明明除了家具空無一物。可是現在，居然有一個漂亮的倩影直直地坐在客廳的沙發上。

明明是白天，屋子由於採光不好的原因，顯得很是昏暗。暗淡的光線下，那個坐著的人影有著藍色的短髮，精緻的五官。她低著腦袋，手裡端著一杯空著的茶杯，像是正在喝水。

我嚇了一大跳，心臟「砰砰砰」跳個不停。不是因為闖空門被人抓了現行，而是因為一個人都沒有的屋子，怎麼突然就出現了一個大活人？

自己眯著眼睛，注視著那低著頭的女人。女人一動也不動，甚至端著茶杯的手也靜靜的，猶如凝固的一幅畫。

「這，不是真人？」我疑惑地看了一會兒，才確定坐在沙發上的女人，確實不是真的人類。那只是一個等身人形 PVC。

自己三兩步走上前，觀察著這大約有一百五十公分高的人形 PVC。整個人形 PVC 應該是按照一款最近大熱門的動漫女配角打造的，製造得惟妙惟肖。吹彈可破的皮膚、被窗外吹來的風吹動的藍髮絲，都賦予了它一種生命的力量。

難怪連我都被唬住了，以為是真正的人。

可是自己進門的時候，客廳裡明明沒有這個人形 PVC。我很相信自己的記憶，沒有的東西就是沒有。何況人形 PVC 上那一頭藍色的短髮和這個灰暗老舊的家本就截然不同、反差明顯。我怎麼可能注意不到？

「房間裡還有人，不止我一個！」我迅速地轉動身體，試圖想要找到將人形 PVC

擺到客廳的人的蹤跡。

只不過是移動了幾下頭，再看向人形 PVC 的時候。我頭髮都要炸毛了。剛剛還低著腦袋，手裡端著茶杯的等身人形 PVC，不知何時抬起了腦袋，小嘴微翹，大大的眼睛直勾勾地盯著我。眼神裡，全是陰冷。

我被這人形 PVC 看得後背發毛，皺眉道：「這該不會還是電動的吧，高科技。」

說著正準備去檢查一下人形 PVC 究竟是怎麼回事，突然手機震動了起來。設置在門外的紅外線門鈴被人觸動了。

「趕緊溜。」我連忙朝客廳盡頭的陽臺跑。自己進門的時候就已經擬好了逃生路線，陽臺雖然有防護欄，但是出於防火逃生的概念，防護欄有一個可以從裡邊打開的小窗戶。從小窗戶爬出去，就能順著鄰居家的防護欄逃進走道裡。

雖然是二十幾樓，不過並不危險。

就在自己衝到陽臺的途中，手機不停地在震動。屋外來的人不止一個，而是好幾個。不像是房子的主人回來了。

隨著手機震動不停，我的心湧上了一股非常不好的預感。我更加拚命的想要逃出去，就在自己爬上陽臺防護欄，打開小門正準備往外探出身體的一瞬間，防盜門居然被整個撞開了。

一群荷槍實彈的員警湧了進來，當頭一個人用手槍指著我：「你，跑什麼跑。下來！」

被黑洞洞的槍口對準，我無奈的苦笑，雙手抱頭從防護欄上跳下來。當自己看清楚了用槍指我的人的模樣時，自己猛地打了一個激靈。

張哥，居然是我的熟人張哥。這才一個小時沒見而已，發生了什麼事情？

「張哥，發生什麼了？」我抬頭看著他。

張哥的臉抽了抽，當做不認識我的模樣，偏頭對手下說：「先銬起來。到屋子裡找找看！」

他身後的幾個手下當即走進了屋裡，沒幾下功夫就全都衝了進來。

「死人，有死人。一男一女，兩個人都是六十五歲左右。」其中一個員警嚇得上氣不接下氣：「剛死不久。」

我被人猛地按在了地上，戴上手銬。有人在我耳畔吼道：「你叫什麼名字。」

「夜不語。」

「夜不語，你現在被懷疑謀殺兩位老人。你可以聘請律師，也可以保持沉默……」

我糊裡糊塗地被押到了爛棺社區附近的派出所，心沉到了谷底。

大意了，實在是大意了。老子肯定是掉入什麼陰謀中了！

第八章 肉哪去了

萬物皆有裂痕，那是光照進來的地方。

我被關進去的偵訊室裡，也有光。強光。

現在應該是中午十二點左右，由於手機和手錶都被收走了，我沒辦法準確地判斷時間。但是做一個大概的推斷，還是沒有問題的。

用來審問，類似檯燈的東西一直照著我。刺眼的光線照得我只能將眼睛瞇著，不太敢用力睜開。

這東西我熟悉，看到過許多次。只不過之前的每一次都是對準別人，而自己被對準，這還是第一次。過度的強光會打散人的注意力，瓦解一個人的頑固意志。這是心理學上的東西。

「張哥，這破燈對我沒用。要不，關了吧，浪費電。」我坐在審問桌後，戴著手銬，一臉平靜悠閒，彷彿只是進來旅遊的。

「嘿，浪費不了多少電。」張哥乾笑兩聲。

我撇撇嘴：「總歸還是納稅人的錢。」

「別嘴貧了，你殺了人知道不！」張哥大聲道：「兩個人。」

我也乾笑著，自己沒有開口說老子是被冤枉的。也沒有問屋子裡我老早就翻了一遍，根本就沒有人更沒有屍體。甚至沒有責問張哥怎麼突然翻臉不認人了。

自己只是保持著鎮定的微笑：「證據呢？」

「啪」的一聲，一大疊資料飛到了桌子上。

「你自己看看，證據確鑿。」張哥冷然地說著，順手將照在我臉上的審問燈關了。他也知道，這玩意兒確實對我沒啥效果。

我默不作聲地翻開桌子上厚厚一疊檔案。

這份檔案是關於李子軒家的刑偵備忘錄。詳細記錄了刑偵之後的情況，以及法醫的現場診斷。

時間是早晨十點半。不過才兩個小時不到就能將如此詳細的檔案弄出來，這還是我記憶裡那辦事拖拉的公權力機構嗎？

我有些啞然失笑。張哥不自然地盯著我，自從將檔案丟給我後，就沒有說過話了。從檔案的內容可以看出，李子軒家裡找到的東西，絕不簡單。

自己在早晨進了他家門後，並沒有發現屍體。可是警方確實將屍體找了出來。根據簡單的判斷，死者是李治安和劉翠花兩人，一個六十二歲，一個五十九歲。之所以簡簡單單的就能判斷出兩人的身分，因為確實很簡單。

他們死在自己的臥室，臥室旁就有兩人的照片。

可簡單的地方就從這裡開始沒有了。剩下的都是不簡單的。兩個死者是李子軒的父母，這毋庸置疑。不過當警方發現他們時，卻看到了驚人的一幕。

李治安和劉翠花仰躺在床上，剛死不久。他們手腳被綁著，脖子以下的肉全都被利器割掉了。兩人死於失血過多。法醫判定，在他們死之前，血液就被抽乾。所以兇手割肉的時候，並沒有多少血流出來。

小員警毫無心理準備地跑進去，嚇得整個人都呆了。他看到被割掉肉的內臟裸露在空氣裡，由於屋子中比較涼，內臟還兀自冒著熱氣。更悚人的是，死去的兩個老人，竟然還面帶詭異的笑！

屍體很新鮮，法醫到場後很快就判斷出兩個死者的死亡時間，不足三十分鐘。也就意味著，我確確實實是嫌疑人。

而且還有非常確鑿的證據。社區門口有我進門的監視器畫面，電梯裡也有我進入二十一樓的監視器畫面。我非法侵入李子軒家的時候，兩個老人還活著。

我被逮住時，他們死了。被抽了血割了肉。現場是封閉的屋子，除了我之外沒有任何人出入過。新新大廈的樓雖然老，但採用獨棟結構。一棟樓和另一棟樓沒有任何連結。警方調閱過監視器後認為，無論是電梯的監視器畫面，還是一樓的入戶監視器，那一天內只有我一個人上過二十一樓，進去過。

李子軒的家，成為了證據確鑿的密室。哪怕是鬧上法庭，我恐怕也是唯一的嫌疑犯，被判惡性謀殺的可能性極大。

在證據上，我沒辦法翻盤了。自己猛地打了個寒顫。明明只是來幫友人的忙而已，怎麼突然冒出了一個針對我的陰謀，把我也弄得陰溝裡翻船了？還是說，這陰謀本身並不是想要陷害我，只是我誤打誤撞？

後者的可能性比較大。畢竟如果這真的是一個針對我的陰謀，我早就能從蛛絲馬跡中找到線索，避開了。

我之所以避無可避，就是因為，這恐怕，只是個偶發的狀況。

越深入的想，我越是心冷。如果眼前的這份檔案是真的，也就表明。自己在闖入李子軒的家門前，老兩口就已經遭到綁架。兇手聽到開門聲，立刻就將被綁好堵住了嘴的兩個老人塞到臥室裡某個隱蔽的地方，自己也躲了起來。

等我進入肥宅李子軒的臥室後，他才將老兩口拖出來，丟在床上。抽光了他們的血，割掉了他們肉。

一切，都在我的隔壁，無聲地進行著。

我背上發毛。這兇手，可真夠厲害。李子軒的家我進去後就仔細搜查過一次，但是什麼古怪的地方也沒有找到。三個大活人，躲在了哪兒？

最重要的是，死掉的兩個老人，就算是老了乾瘦了。兩個人全身的肉，大約也有五十幾公斤。可是警方的檔案裡，絲毫沒有提及，被割下來的肉到哪裡去了。

肉去哪兒了？這個問題很重要。

在那不大的房子裡，在警方全面的搜查中，都沒能將割掉的肉找出來。這非常非常的重要。兇手，或許正在和那些割掉的肉躲在一起。

他，要兩個老者的血肉，到底用來幹嘛？突然，我想起來了李子軒的身體情況。他在十幾天內變瘦了六十幾公斤，他說他身上的肥肉不是減肥減掉了，而是給別人了。

這兩者之間，到底有沒有什麼關聯呢？

我深思起來。

看我沒再繼續看檔案，張哥終於開口了：「夜不語，你把從李治安和劉翠花身上割下來的肉，放哪兒去了？」

「肉不是我割的，我怎麼可能知道。」我撇撇嘴，將檔案推了回去。

張哥冷笑，嘴有意無意的努了努他的腦袋上方：「下一句話，你是不是要說，人不是你殺的了？荒謬，證據確鑿。你等著關一輩子吧。」

我表情沒有任何變化，甚至連餘光都沒有朝他嘴示意的位置看過任何一眼。在進入偵訊室前，我就已經把周圍的環境弄清楚了。他的頭頂上有一個監視器鏡頭，現在應該正閃著錄影的紅光。

自己自始至終都沒有問過張哥一句，到底是誰告的密，說我在李子軒的家裡殺了人。警方那麼大陣仗連門都不敲就闖進李子軒的家，就證明問了也於事無補。甚至連張哥都有可能不清楚。

他努嘴示意的意思很明確。這個案子不由他，而是有正在看監看的上頭人物負責。不，應該還有其他意思。

總之，他儘量跟我撇清關係，不是為了害我，而是想要幫我。這個山東大漢，不愧是表哥夜峰最好的朋友。

「人確實不是我殺的。」我淡淡道。

張哥冷笑了好幾聲：「看你狗咬秤砣，嘴硬到啥時候。小劉，把他關到拘留室裡去，等上頭有了判斷後，再考慮送去別處。」

他身旁的小員警點點頭，將我押送到了警局地下一樓的拘留室。

解開了手銬的我看著關閉的鐵門和鐵欄杆，嘆了口氣。沈科一家是怎麼失蹤的，自己還沒太多頭緒。正忙著想要救他們，結果現在卻莫名其妙地把自己給弄到了警局裡。最鬱悶的是，恐怕頭上會空降勞什子的謀殺罪。

拚命壓抑著自己不要胡思亂想，就在我坐在冰冷的鐵架床上時，不知為何自己腦子裡突然回憶起了一個身影。

李子軒家那本來沒有，又突然出現在客廳沙發上的等身人偶。這人偶，讓我越想越覺得有點怪！

它，哪裡讓我覺得不對勁兒呢？坐姿？端著茶杯的模樣？猶如真人吹彈可破的皮膚？那看著我的陰森神情？

不，都不是。

我困擾地搖著腦袋將腦海裡的疑惑一點一點的排除，自己總覺得答案就在嘴邊上呼之欲出。可就是無論如何都把握不到那在身旁飄飛的重點。

終於，我明白了。明白的一瞬間，我整個人都站了起來。

安靜的監牢裡傳來一陣腳步聲，員警似乎押了犯人住進我隔壁的獄房。由於隔著厚厚的牆壁，我看不到一牆之隔剛進來的人到底是誰。

我平靜地坐在監牢的床上，用視線慢吞吞地打量整個監房。如果剛才自己的回憶是真的，如果那個等身人形 PVC 真的是如我想的那樣有問題，我就必須要儘快逃出去。說不定，那個人形 PVC，就是肥宅李子軒和沈科一家之間的聯繫。

就連沈科一家三口到底被誰綁架，去哪兒了，都可能從那個等身人形 PVC 上找到答案。李子軒曾經跟我說，他是在玩藍鯨遊戲，所以才去了沈聰的兒童房。

再一次，我開始深思起一直沒有引起我太多注意的藍鯨遊戲來。那個遊戲，和等身人形 PVC 一樣，恐怕都不簡單。

位於派出所樓下的監牢只是疑犯臨時的關押地點，所以非常簡陋，能關押的犯人也很少。我進來的時候大略觀察過。從警局一樓背後不起眼的鐵門進來後，只往樓下走二十階樓梯。也就是說，地下一樓的樓高不到三公尺。

下樓梯後是第二扇鐵門。門背後是長長的走廊，大約十五公尺。走廊盡頭是牆壁。自己所在的監牢寬三公尺寬，一百八十公分深。同樣的監牢，拘留室裡大約有五個。我在倒數第二間。今天治安好，拘留室的生意不好。現在除了我之外，恐怕只剩下自己隔壁剛被關押進來的傢伙。

地下一樓，只有兩人。還有那閃著紅光，正對著我的監視器。

要逃出去，不太好搞啊。

我保持著安靜，發覺現在逃出去的可能性不大的時候，就暫時死心了。躺在硬硬的鐵板床上假寐。一直等到吃了晚飯，等到夜晚降臨。暗無天日的監牢燈光，被調得更暗了。

自己估摸著盤算著，計算著時間。

當晚上快要九點時，對面的監視器上的紅燈突然熄滅了。我頓時笑起來。張哥果然夠意思，我臨走前越過他的時候，曾小聲地對他說過兩個字，「幫我」。並斜著眼睛不動聲色地瞅了瞅監視器。

這山東大漢看起來五大三粗，可實則心細得很。他懂了我的意思，而且真的幫我把監牢的監視器關掉了。

我心裡一喜，掏出藏起來的一小節鐵絲，手背彎過去將牢房的鐵門打開。一走出門，我猛地打了個寒顫。

這有點不對啊，怎麼走廊特別冷，冷得刺骨。

自己皺了皺眉頭。整個拘留室都是通透的，隔開嫌疑人的是鐵柵欄，冷氣可以自由流動。不可能一柵欄之隔的外邊會特別冷。我抬頭，驚訝地發現正對自己牢房的監視器上，竟然不知何時蒙上了一層白霜。

詭異的寒，冷得我直發抖。我甚至有一個瞬間，懷疑自己是不是被運到了冷凍庫中。對穿著單薄的我，此地不宜久留。

我往前走了幾步，突然，自己整個人停住了。自己的眼睛直愣愣地看著不遠處的天花板。天花板上，另一個監視器還閃爍著紅色的光。

果然有問題。一般監獄的所有監視器都是串聯在同一條電源線上。紅燈亮了，證明通電了。如果有電只是關機的話，紅燈不會滅，只是很暗淡，表示設備處於待機狀態。

我監牢前的紅燈滅了，意味著電源線的末端的閘被拉了下來。同樣處於一條電線上的其他監視器，應該不會通電才對。為什麼另一台監視器，卻正常運作著？

猛地打了個冷顫，我意識到了一個重要的問題。

自己監牢前的監視器，或許根本就不是張哥關掉的。或許是被什麼東西干擾了。可干擾它的，是什麼？

我站在原地，一動也不敢動。就在這時隔壁的監牢發出了一陣怪異的聲響。我儘量維持著最輕緩的動作看過去，不由得，愣了！

自己知道隔壁監牢裡有人，不過絕沒想過，監牢裡關的人我竟然還熟悉。是李子軒！這曾經的肥宅現在的情況很糟糕。他躺在地上，眼睛一眨不眨地看著床底下。我站在他不遠處，看向了他的眼眸。

李子軒的眼眸裡，分明倒映著一團人形黑影。有什麼東西，正準備從床下爬出來。我眨巴了下眼睛，望向他咫尺之隔的鐵板床下。

床下邊，什麼也沒有！

無形之物只有李子軒能夠看到。我緊緊盯著他的雙眼，看到了有著人形的怪物伸出了長長的手似的爪子，半個身體已經掙脫了床的陰影。它抓住了李子軒的脖子。

「咳咳，嘔——」李子軒一動也沒動，任憑那怪物抓住自己，乾咳不止。那看不見的怪物佔據了肥宅所有的視線，我看到他的雙眸變得漆黑，那是倒映著怪物身體的影像。怪物完全從床下爬出來，站了起來。

它將李子軒從地上拽起。李子軒整個人緩緩上升到半空中，雙腿在空中使勁兒地蹦躂著，雙手拚命地想要將那卡住自己脖子上的無形之手扯開。

我驚訝無比，幾步走到了柵欄前，雙手抓住欄杆。也許是察覺到了我的響動，李子軒緩緩地朝我望過來。

他的眼神裡迸發著求生的慾望，還有一絲微弱的哀求。

我讀到了他在求救，再也不遲疑，立刻用鐵絲打開了關押他的監牢門，闖了進去。無形怪物將他的身體提得越發高了，他的腦袋已經抵住了天花板。我三步併作兩步一腳朝怪物應該存在的位置踢去。

一腳踢空，自己的腿什麼也沒有碰到。

我抱住李子軒的雙腿用力往下拉，肥宅在兩頭的作用力和反作用力下似乎離死亡更接近了，舌頭都吊了出來。嘴裡開始往外冒帶血的沫。

「快快，該怎麼救！想想，我應該有辦法的。」我看他快死了，立刻放了手。輕輕拍了拍腦袋，腦子拚命地運轉著。

突然，一個靈光閃過。自己的記憶停滯在昨天我去沈聰的房間尋找線索的時候，似乎找到了某些東西。

那晚怪物為什麼要躲在床下而不傷害沈聰？為什麼只是嚇唬李子軒，卻沒有在兒童房裡傷害他？或許，並不是它不想，而是不能！

是什麼阻止了它？

我想到了兒童房床下殘留的東西。

那些東西，在這破舊的監牢裡並不少。我的視線在牢房中掃過，很快就鎖定了目標。尋找到一根老化嚴重的鐵柵欄，順手在上邊抹下一大把鐵銹，隨後朝李子軒的周圍撒去。

如同鹽能融化雪，鐵銹在空中畫出弧線，碰到了一層看不見的物質。鐵銹被吸引住了，通通吸附在那層物質上，令怪物露出了身形。

怪物的外表因為鐵銹的原因，產生了化學反應。它似乎受傷了，每一粒鐵銹都如同一顆子彈，緩慢地朝它的身體裡滲透。

沒有響聲，只有寂靜。之後在寂靜中爆發。一股強烈的波動在無聲中爆炸開，猶如天然氣爆炸，將我猛地掀翻在地。無數的氣流在牢房裡狂暴地湧動，過了好幾十秒才恢復了平靜。

李子軒掉在了我不遠處，衣服被炸得破破爛爛。

等到塵埃落盡，我才緩過神來，爬到了肥宅的身旁。摸了摸他的脖子和口鼻，還有口氣在。我摸索著在他的心口搥了幾下，正猶豫著要不要人工呼吸。

肥宅命硬，咳嗽了幾聲後睜開眼睛醒了過來。看清楚身旁的我後，第一句話就臭烘烘的氣人得很：「你幹嘛要救我，讓我死好了。我的藍鯨遊戲已經全部結束了，我要去和我婆娘永遠在一起了。」

我一巴掌扇在他臉上：「人死了就是死了，你還真以為有死後的世界。你這又不是伊斯蘭教，天堂沒有什麼十二處女等你。」

李子軒被我打傻了，剛要開口，我又一句話呼在他身上：「你父母死了。」

話音一落，李子軒瞪大了眼，沒有不相信，只是大哭了出來。哭得嘴裡剩下的血沫不停往外噴。

我連忙和他拉開距離，怕被他嘴裡的血沫噴到。

「怎麼死的？」哭了半天，他才問。

這什麼情況？我瞇了瞇眼睛。這傢伙一不反問我自己的父母怎麼可能會死，二不問誰殺了他們，卻第一時間不但相信了父母的死訊，還問我他們如何死掉的。這裡邊的問題大了。

極有可能，李子軒老早就知道他父母可能受到死亡的威脅。所以父母的死，並不令他意外。

「他們被割掉了全身的肉，抽掉了全身的血。」我老實告訴了他。

「混帳！」他狠狠一拳打在了地上，手指骨節血都飆了出來。

「走吧，先逃出去。」我瞅了瞅那亮著的監視器紅燈。監牢裡前後鬧了這麼大的風波，居然沒有一個員警進來查情況。自己的心越發的冷，內心深處湧上了極為不祥的預感。

「嗯。我出去後，也有些事情要做。」李子軒咬牙切齒地說著，暫時收起了想要去死的心。

我倆一前一後，狼狽地走到拘留室盡頭的鐵門前。輕輕一推門，鐵門吱呀一聲，就敞開了。

居然沒上鎖？這可不像是平時管理嚴格的公權力執行單位的風格。鐵門外，到底發生了什麼事？

我們走出鐵門，看清外界的狀況時，兩個人都震驚得呆了。

第九章　快閉眼

小孩子跑向遊樂場的時候摔倒了，是不會哭的，因為他知道快樂近在咫尺，哭反而會浪費他玩的時間。

我們覺得人生苦悶，是因為看不到那個遊樂場，你不知道痛苦會不會有消失的一天。咬牙熬過一天又一天，摔了一次又一次，而眼前還是無比暗淡，那時候是最讓人崩潰的……

如果有光，誰還會懼怕黑暗？

無疑肥宅李子軒的人生，是沒有光的。或許曾經也有過光，但是就在他回到家開始宅不出戶的時候，他就主動將射入他生活的光，掐滅了。

他晦暗地埋首在自己編織的藉口中度日，年邁的父母為他撐起了最後的光明。可是這道光明，也隨著父母的死亡，徹底熄滅。

他不在乎自己的父母？

不，他在乎，比任何人都在乎。就是因為太在乎了，所以他才不敢往前多邁一步。他怕自己努力過後，父母仍舊會失望。所以，他乾脆不努力，不嘗試，不作為。既然逃避很有用，那幹嘛不逃避呢。

就在李子軒認為自己會逃避這個社會一輩子的時候，卻被一件事情徹底改變了。那件事，最終毀滅了他、毀滅了他的安穩、毀滅了他的父母。

他恨！

他想報仇。所以當我救了他後，他毫不猶豫地跟我離開了警局。肥宅不笨，他知道逃出警局並不容易。他在腦子裡盤算過許許多多的計畫，可是萬萬沒想到，眼前的景象，卻遠遠超出了我和他的意料。

周圍的壓抑冷厲，帶著反常的氣息。

拘留室的鐵門外沒有任何聲音。我和他拾階而上，來到一樓。晚上的警局燈光大亮，繞過一條長走廊就是報案大廳。大廳裡，一個人也沒有。

這很不對勁兒。任何警局在夜晚都會留人值班，值班的員警，都跑哪裡去了？

「什麼情況？」我打了個哆嗦，夏天夜裡本應熱辣的空氣，失去了蹤影。我用手探向中央空調的出風口，沒風。中央空調沒有啟動，可為什麼會如此的冷？

想了想還是很不安，我扯著嗓子大喊了一聲：「有人嗎？」

李子軒嚇了一大跳，連忙「噓」道：「兄弟，哪有逃犯跑警察局大廳打聽員警哪兒去了的。這不是老虎頭上拍蒼蠅，自己找死嗎？」

「這裡沒人。整個警局的人都不見了。」我搖了搖腦袋，沉默了片刻。

「我知道沒人，怕他們只是進去開個會，聽到你的喊聲就全跑出來了。」肥宅弱弱地道。

我臉皮抽了抽：「沒那麼簡單。你看那張表。」

所有房間都敞開著，所有的燈都大開著，就是沒有人的氣息。大廳的接待室背後掛著一張碩大的值班表。表上詳細地標注著值班情況、巡邏情況以及時間。從表格上可以判斷，現在警局裡應該至少還留著七個人。

八個員警，兩個接警員。其中有三個人在晚上八點五十分出勤了，現在還沒有回來。按道理，兩個接警員應該通宵坐在警局大廳的接待台後方，直到早晨八點才能換班回家。而剩下的五個員警，也應該待在辦公室。

但是警局裡剩餘的七人，人間蒸發了。值班表上沒有任何他們離開的資訊。不，應該說從八點五十分之後，值班表就再也沒有更新過了。

現在的時間是？我抬頭看向大廳對面的鐘，晚上十點半。一個多小時前，警局裡，到底發生了什麼事？

人為什麼都沒了？

「找找看。」我和李子軒將整個警局的一樓到三樓全部找了一遍，仍舊鬼影也沒有找出來一個。

只有陰森森的冷意，貫徹四面八方。

半個小時後，我和李子軒再次在一樓的大廳匯合。我沉默了。恍惚間自己想起昨天晚上在沈聰的兒童房時，也發生過類似的事情。有怪物追我，追出了社區的門。社區裡、街道上，所有人也都消失了。

最後，我發現那只不過是我的幻覺而已。難道這次，也同樣如此。其實警局裡的人就在我身旁走來走去，我卻看不到。說不定我和李子軒就是個睜眼瞎子，在警局裡亂逛亂闖，更說不定，現在我倆身旁就圍著幾個用槍指著我和他的員警呢。

我把這種可能告訴了李子軒。

肥宅搖頭：「不可能。我覺得我們是陷入了追殺者的捕獵範圍了。」

「等等。」他突然來了這麼一句有些中二的話，弄得我有些暈：「什麼追殺者？」

「對了哈，我忘記告訴你實情了。」李子軒撇撇嘴：「我玩的藍鯨遊戲，是有追殺者的。如果你不一絲不苟的玩下去，追殺者就會跑來殺掉你或者你全家。」

他有些黯然：「我的父母之所以被殺，恐怕就是因為我現在的任務失敗了，追殺者暫時因為某種原因沒有先殺掉我，反而殺死了我的父母。」

「你的意思是，那所謂的藍鯨遊戲，執行懲罰的並不是人類，而是某種超自然的力量？例如不久前在監牢裡想要殺死你的無形怪物？」我有些無法接受。

藍鯨遊戲我曾經詳細調查過，那只不過是一種心理暗示遊戲罷了。一大堆人互相鼓勵著、互相威脅著一同按照最簡單的任務開始往深淵墮落，最後自殺一了百了。而且這遊戲很小眾，借由網路通訊工具傳播。一個遊戲小組大約最多十多人，少的七八人，組員遍佈世界各地。

哪怕是有人中途退出了，遭到別的組員的生命威脅或者對退出者家人的恐嚇，也不過是恐嚇罷了。沒有人會真的千里迢迢或者萬里迢迢跑去退出者的家中報復。

可是從李子軒嘴裡說出來的藍鯨遊戲，雖然透露的不多，可我能斷定，這根本就不是我所知的那種。

這是變種藍鯨遊戲。有實實在在的威脅。無論是什麼藍鯨遊戲，都會有一個發起者。李子軒玩的遊戲群中，誰是發起者？玩的人有幾個？發起者是否掌握著某種未知的超自然力量？那股力量，在收割想要退出者、或者任務執行不力者的命。

一連串的疑問竄入我的腦海，我迫切地想要問個明白。

李子軒看出了我的不解開口道：「總之我父母死了，老子的命也不準備要了。夜不語先生，你想要知道的我通通都能告訴你。不過你要答應我，讓我親手報仇。」

「可以。」我點頭。

肥宅乾枯得只剩皮包骨的臉上露出了笑容：「不過現在不是說的時候，我們趕緊離開這兒。趁著懲罰者還沒有發覺我們的時候。」

「行。」我深以為然。作為一個已經陷入無數次危險的人，李子軒無疑在這個事件中比我瞭解更多的資訊。有選擇的聽他的，是活下去的關鍵。畢竟今晚深夜的警局，甚至整件事，都顯得太過詭異了。

就在我倆走到警局門口的時候，李子軒猛地停住了腳步。

「別動。」李子軒苦笑：「你妹的，被發現了。千萬，千萬別動。」

「你如果早說是什麼勞什子的懲罰者在警局裡，我早就拖你離開了，幹嘛還在這鬼地方找了大半個小時的人。」

雖然警局大廳空無一物，自己沒有察覺到一絲一毫的古怪，可見李子軒不動了，我也一動也不敢動。誰知道他口裡的懲罰者是怎樣的存在。畢竟我可是在不到一個小時前，才見識過牢房床下有一隻無形的怪物，正要殺死他。

「閉眼。快閉眼。它來了。」李子軒又驚聲喊道。

我連忙閉上了眼睛：「你這麼一驚一乍地大叫，它難道聽不見？」

「懲罰者沒有耳朵，聽不到東西。普通人看不到它，它也會對沒關係者視而不見。」肥宅簡短地回答。

「那麼你是怎樣看到它的？」我奇怪地問。

「我有我的訣竅，一個玩藍鯨遊戲死裡逃生的傢伙告訴我的。」李子軒聲音有些發抖，像是想起了什麼不好的事。

「這還有訣竅？我能學會嗎？」我沒抱希望。

結果這傢伙張口就說：「能啊。但是我現在教你也沒用，作為初學者，這個辦法需要特定的條件。」

周圍的氣氛越發的冰冷壓抑，雖然看不見那所謂的懲罰者，可就因為看不見，所以我才會更加恐懼。人類的眼睛掌握著人類最重要的感官，無法掌握視覺，我非常沒有安全感。

哪怕是希望渺茫，自己也想要感覺那李子軒口中的懲罰者，到底長啥樣。

「你先說說要什麼條件？」我不死心。

「首先，必須要在腦子裡記住一個地方的地圖。例如現在在警局裡，警局所有房間的模樣，在腦中得要有個相應的概念。記住的越多效果越好。」

我立刻鬆了口氣：「這簡單。剛剛找人的時候，我已把所有房間的每個細節都記在了腦袋裡。」

「不可能。」李子軒驚訝道：「你很多地方就只是粗略地看了一遍，怎麼可能全記得下啊。」

「我的能力就是過目不忘。」我不想解釋太多。

「好吧，初始條件就算你達成了。可千萬不要吹牛，這關係到我們的命。」李子軒還是不太相信。

我撇撇嘴：「下一步是什麼？」

「下一步很簡單。其實在這個方法裡，最難的就是記住封閉空間的地形。」肥宅一邊閉眼睛，一邊接著說：「第二步是閉上眼睛。不過我們現在已經閉上了。夜不語先生，你開始回想，感覺你現在正站在警局的大門口。」

我閉著眼，將警局的記憶保留在腦海裡。自己站在了警局門口。

「那麼你想像自己已經走入了警局，把警局從一樓到三樓的所有窗戶按照順序全部打開。為了保證沒有疏漏，你需要再步行確認一次。你確定自己將窗戶全部打開了？」

「確定。」我點頭。記憶裡的警局，所有有窗戶的地方，我都在想像中將其敞開了。

「倒數第二步和剛剛的順序相反。你需要靠記憶，從最後打開的窗戶開始，將所有窗戶關掉。從三樓到一樓，全都關了嗎？」

「關了。」我撇撇嘴。這方法怎麼聽起來像是一種催眠或者心理暗示？

「最後一步。想像自己從警局大門走了出去。」

「然後，睜開眼睛。」

我下意識睜開了眼。肥宅李子軒的聲音還在繼續：「感覺到沒有？剛剛你在回憶警局，進門從一樓走到三樓，再從三樓回到一樓出門。有沒有感覺遇到了什麼讓你背脊發涼的東西？」

我愣了愣，這麼一說，似乎還真的有。

「本來這個辦法是那兄弟的道士爺爺傳授給他，用來測試家裡有沒有髒東西的。但是陰錯陽差，那哥們用這方法定位了懲罰者的位置。」肥宅的聲音突然遠了：「現在你也能找到懲罰者了吧？」

記憶裡，我在記憶中的警局一來一回走了一圈。腦子中多了一個朦朧的東西，就在距離我和李子軒近在咫尺的不遠處。

突然，一陣勁風襲來。我連忙往後退，李子軒閉著眼睛大笑：「上當了吧，你已經睜開眼睛了。那東西發現你了。既然你能殺他一次，肯定能殺第二次。怪物就交給你了，哥先走咯！」

肥宅的腳踹在我屁股上，將我往前踢了半公尺。我的身體似乎穿過了某種力場，這混蛋轉身就跑出了警局，頭也沒回，眨眼功夫已經消失不見了。

「你奶奶的。」我不敢留在原地，拔腿就朝最近的牆壁移動，尋思著怎麼追過去。但是這詭異的無人大廳讓我不敢輕舉妄動。剛剛我的確碰到了那無形怪物，雖然沒有受到傷害。但是穿透它的一瞬間，明顯感覺到它的怒。

或許早在拘留室裡我向它撒鏽鐵屑的時候，它就注意到我恨上我了。它沒有跟肥宅離開，還留在警局大廳中。

只是，我看不見它。

死亡的危險讓我的每一根寒毛都豎了起來。危險就在身旁，隨時都會靠近我。它，究竟在哪兒？離我遠不遠？

李子軒雖然陰了我，把我當成了炮灰，但是他說的方法確實有用。我迅速閉眼，在腦海裡將那方法用最快的速度跑了一遍。不過一秒功夫，我就再次將眼睛睜開了。

腦袋的記憶中，警局的大門口多出了一塊灰暗的陰影。

那無形怪物就在門口，它在朝我緩慢地移動。

「鐵屑，哪裡有鐵屑。」我連忙往相反的方向跑。這玩意怕鐵屑，是我從沈科的兒童房中得出的猜測。剛剛證實確實有效。七天前那怪物躲在沈聰的床下，最後沒有傷害沈聰和沈科爺倆。甚至沒有懲罰躲在衣櫃的李子軒。不是不想，而是不能。

沈聰的兒童床是鐵架床，用了好幾年了，品質也不算好。周圍的防鏽塗層被磨損，長滿了鐵銹。鐵銹落在床下落了中空的一層，彷彿結界般沒有死角。躲在床下的怪物根本就出不來。

它怕鐵銹，但是怕不怕鐵呢？

我在桌子上抓住一個釘書機，將鐵質的內芯以最快的速度扔出去。內芯劃出一條拋物線，落在了大門口。

我屏住呼吸，閉眼在記憶裡描繪著無形怪物的位置。沒有錯，內芯落點肯定穿過了怪物的身體，但是什麼也沒有發生。這就證明，怪物不怕鐵質，只怕鐵銹。怪了，鐵銹的化學成分是三氧化二鐵。比鐵多了氧原子。

但是怪物分明是不怕氧原子的，否則它無法在空氣裡存活。那麼，它怕的到底是鐵銹中的哪種物質？它會和鐵銹裡的什麼，產生化學反應最後導致爆炸暫時性死亡？

冥冥中，我似乎抓住了什麼，但就是在腦子裡形不成概念。如果能找到它和氧化鐵的化學反應原因，說不定就能找到這無形怪物的真身。

不過現在管不了那麼多了，逃命要緊。哪怕我能殺掉它也只是暫時的，它還會活過來。剛剛就已經驗證過了。就是不知道有足夠的鐵屑，能不能真的殺掉它。

我不斷地睜開眼閉上眼，描繪怪物的位置。好幾次險死還生，還好，都險之又險地躲開了。怪物追我的速度越來越快，它適應了我的行為。這傢伙有智力，它在不斷學習我的躲避方法。

自己能躲的空間，已經非常少了。可至今我都沒有找到鐵銹。鐵銹這東西雖然很稀鬆平常，可這個警局大廳好死不死的最近才裝修過，我實在搞不到。

不行，果然還是要逃到地下一樓的拘留室裡去。只有那兒，才有鐵銹。

我在心裡盤算著，一邊躲避，一邊朝拘留室的位置小心翼翼地轉移。既然怪物有智慧，自己就要更小心了，生怕自己的意圖被看穿。

就在自己快要將怪物引入地下一樓的鐵門前時，一個大大咧咧的聲音吼道：「人咧？小的們，俺回來了。你們家老大給你們帶宵夜來了。」

這有些粗狂的聲音我異常熟悉，奶奶的不正是張哥嗎？他怎麼回來了？

張哥沒見著人，順著大廳朝拘留室的走廊過來了。見我毫無遮掩地站在拘留室門前，一臉驚恐的模樣，頓時傻了眼。

「小夜，你怎麼搞的。怎麼自己逃出來了？警局裡其他人呢？」

我一臉黑線。喂，你問一個逃犯其他員警跑哪兒去了，真的好嗎？神經大條也不是這麼大條的吧？

就在自己正緊張的瞬間，我身上的壓力突然變小了。不好，我神色大變。閉眼睜眼間，我驚訝地發現怪物正捨棄我，朝張哥走過去。

它竟然會將惹怒它的我丟開去找張哥，看似對付他比我更加優先順序。這不科學啊！到底是基於什麼攻擊排序？

張哥看不見怪物，左手上提著一大堆宵夜，右手還拿著一根玉米啃得很高興。

「張哥，快跑！」我來不及解釋，大喊了一聲。

張哥也乾脆，他明白我不會無的放矢。在我的喊叫落地前，雖然什麼威脅也沒有感覺到，仍舊行動了。他將雙手的食物一扔，就地打個滾，朝走廊上橫著滾到了牆角。之後看也不看的站起身，一氣呵成的掉轉方向，朝大廳的位置逃去。

他逃得很快，不過沒逃幾步，就突然腳一僵，整個人重重跌落在地上。摔得腦袋上血都飆了出來。

張哥，終究還是被怪物抓住了！

第十章 等身人形PVC的秘密

現狀糟糕透了。

無形怪物對張哥的反應，實在超出了我的預料。張哥的手用力地想要在地板上抓住什麼，好固定住身體。可這完全是無用功。他壯碩的身體被扯了起來，腳被怪物拽住，整個人被倒吊到了空中。

猶如那八十幾公斤的肉，只是一個輕飄飄的玩偶。

「哎媽呀，這搞的啥。」恐懼之下，來春城多年的張哥早就沒有的東北口音又嚇得冒了出來。

「誰他奶奶的抓著我？襲擊員警是重罪，知道不？」張哥沒搞清楚情況，他在空中艱難地轉動腦袋，想要看看到底是誰那麼大膽子攻擊他。

一看之下，尿都差點嚇出來。他什麼也沒看到。自己的腳明明被抓著，抓他的東西力大無比，而且肯定比他還要高大。可是倒映在地板上的影，只有他一個人孤零零的兀自懸在空中。

這詭異莫名的場景，讓張哥冷汗直冒。

「小夜，這咋回事兒？」他求助似的望向我。

我苦笑：「別問我，我到現在還沒有理清楚頭緒。」

而且現在也不是說話的時候。根據以前的經驗判斷，當怪物控制住一個人的時候，就是攻擊的前奏。再不想辦法，張哥的命就要沒了。

「我想上次拘留室裡巡邏的兩個小員警，一個叫吳嘉一個叫趙岩的。他們之所以受傷都和抓住你的怪物有關。」我飛快地說著：「等我一下，我大概有辦法對付它。」丟下這句話後，我加快速度轉身衝入了地下一樓的拘留室，想要以最快的時間弄到鐵銹救張哥。

張哥的臉色鐵青，他在我離開前的一瞬間，掏出了槍。對準空氣裡應該存在的那看不見的鬼東西扣動了扳機。

一聲聲震耳欲聾的槍響伴隨著彈殼落地的聲音。之後便是張哥的慘叫聲。

我狠下心拚命地跑，本來只有十多階的樓梯顯得如此漫長。在最近的拘留室欄杆上我找到了鐵銹，再衝刺著上樓，跑到一樓走廊時……

張哥已經不見了，只殘留著一地鮮紅的血。整個警局又恢復了靜悄悄，我用李子軒教的方法判斷了一下怪物的蹤跡。

什麼也沒有，怪物消失了。

張哥活不見人死不見屍，就此失蹤。

我滿腦袋的疑惑和緊張，不敢久留以免夜長夢多，很快就離開了警局。

第二天整個春城風聲鶴唳，用膝蓋也想像得到兩個接警員，五個普通員警以及一個派出所副所長，一共八個人失蹤會造成怎樣恐怖的影響。

而拘留所裡逃出去的我和李子軒，自然成為了最大嫌疑人。不到中午，我倆的照片就貼滿了春城的大街小巷，密密麻麻，懸賞兩百五十萬給提供線索或下落的人。

我在春城的家不敢回了，租來的車也不敢開了。幸好我從老女人林芷顏那兒學過一些簡單的易容術，而且偵探社也發了些易容用的工具包讓社員隨身帶著。這些東西都派上了用場。我改裝成一個大約三十歲的男子。看著鏡子裡的我，就連我自己都不怎麼認得出從前的模樣了。

不過讓我奇怪的是，我易容了，可以大大咧咧地走在大街上。甚至能站在我的通緝令前聽大爺大媽們對我評頭論足說閒話。但是李子軒逃跑後，他又沒別的本事，居然到了晚上也沒被抓住。

昨晚在警局裡到處找人的時候，我就將自己被逮捕時搜走的東西拿了回來。打開手機，我按開一個應用程式後，陰笑起來。

這肥宅，恐怕比我想像的還要聰明。但是聰明反被聰明誤的道理，看來他是不懂的。是時候去逮他了！

□

「呸，黴氣。」李子軒躲在光纖管道裡。說是光纖管道，其實這地方空間挺大的，和下水道差不多。春城有許多高科技的企業，所以對光纖建設很重視。也是前些年全國第一個對光纖管網進行改造的城市。

底下的光纖管網挖得很大氣，高跟寬都有一公尺多。密密麻麻的光纖就捆在管道的最右側，左邊容納一個不算胖的人爬著往前走完全足夠了。

最重要的是，可以躲避員警和民眾的抓捕。

「老子的行蹤就值兩百五十萬，弄得我都想舉報自己了。」李子軒苦笑。他宅了七年，最熟悉的就是網路了。還好前些日子他突然對城市的光纖感興趣，研究了一陣子。這才想到了用爬光纖管網的方式逃命。

抓住他就能得到兩百五十萬，他這輩子恐怕也沒賺過那麼多錢。不對，他這輩子到現在，似乎也沒賺過一分錢吧。肥宅都是用自己父母的錢，越是不掙錢的人，其實反而對錢越敏感。

「老爸老媽沒死的話，說不定我真會把自己賣了，把兩百五十萬還給老爸老媽。畢竟宅了那麼多年，欠他們太多了。」李子軒一邊爬一邊想，不由得嘆了口氣。

無所謂了，父母已經死了。樹欲靜而風不止，子欲養而親不待。嘆氣之後，他的臉色變得猙獰。

他吊著一口命還沒去死，就是想要替父母報仇。

「至少要把匡我玩藍鯨遊戲的那個傢伙殺掉！」他早就下了這決心。

光纖管網在城市下方四通八達，通網路的地方就會有出口。他的目的地並不遠。肥宅估計應該再往前爬個十多分鐘就到了。

就在這時，本來悶熱無比的光纖管道，突然冷了起來。

「不好。那東西來了！」他大吃一驚，連忙加快了往前爬的速度。

涼意襲來得很快，追著他不斷地往這邊湧。如同奔跑的幽靈，帶著死亡的氣息。肥宅打了個冷顫，手腳並用。滿額頭都是冷汗：「你娘家的舅舅，這次那鬼東西怎麼追得那麼快？」

哪怕他用上了最快的速度，還是沒躲過去。轉眼間那冰涼氣息已經擁擠在了所有的空間裡。李子軒很惶恐，他口裡的無形懲罰者恐怕已經近在咫尺了。

在哪兒？李子軒雖然早就想過類似的情況，但是真遇到了仍舊顯得有些手忙腳亂。畢竟不久前，他只是一個安安穩穩過著小日子在自己世界裡蜷縮著的一百多公斤重的肥宅罷了，從來不需要動太多腦筋。

他拚命讓自己安靜下來，在腦子中勾勒出附近這一段光線管網的情況。睜開眼睛後，他更加恐懼了。冷汗不停地順著骷髏似的臉頰滑下。

沒有。腦子裡什麼也沒有映射出來，他發現不了懲罰者的身影和位置。該死的，難道懲罰者發覺了這個漏洞，所以變異了？該死，那鬼東西到底在哪兒？

死亡威脅著他，肥宅的大腦有生以來第一次運轉得那麼快速。可是，他無論如何也找不到懲罰者。或許那懲罰者，早已經伸出了自己的爪子，就要抓住他了。

李子軒越想越怕，不行，不能再在這密閉的空間裡待下去。他尋著涼意襲來的相反方向爬，找到了一個近在咫尺的出口。掀開井蓋一刻不停地跑出了地下管線管網。

剛一冒頭，就聽到一個笑呵呵的聲音傳了過來：「兄弟，地下的世界美嗎？」

肥宅心裡咯噔一聲響，最糟糕的情況出現了，一出頭就被逮個正著。他低著腦袋不敢讓人看到正臉，猶豫著到底是趁那人沒發現自己是通緝犯掩著臉立刻離開好，還是再次鑽回地下找死好。

「懲罰者就在你背後，你還不出來，等死啊？」那個笑嘻嘻的聲音又發話了。

「你是誰！」李子軒厲聲道。他抬頭，看到了一個完全不熟悉的三十歲的男性。可男性調侃他的聲音令他有些熟悉。最重要的是，他居然知道懲罰者的存在。這傢伙，到底是誰？

「別管我是誰。懲罰者快要抓住你的腿了。」那男子隨手在地上扔了一顆石頭，在石頭落地發出聲響的瞬間，突然喊道。

肥宅嚇慌了，不管不顧地死命從管網裡爬出來。虛弱的他在又熱又悶的封閉空間一天沒有吃喝過，來到開闊的世界後，立刻如死狗般癱軟在地上。

男子笑呵呵地打量了他幾眼，沒再開口。看著他戲謔的表情，不笨的李子軒終於想到了些什麼。

「你是夜不語。」他驚恐的低聲說。

「沒想到你還挺聰明。沒錯，我就是夜不語。」改裝成三十歲男子的我爽快的承認了。

「你怎麼找到我的？」李子軒下意識地問了這麼一句後，連聲道：「快扶我逃，懲罰者就在光纖管網裡，馬上就要出來了。你不是發覺了嗎？快，咱們馬上逃。」

「別急別急。我先把電關了。」我慢吞吞地找到一個電源插頭，扯掉。頓時從光纖管網裡不斷往外冒的涼氣減弱了很多。

李子軒目瞪口呆：「你用什麼設備驅趕走了懲罰者？」

我噗哧一聲笑起來，隨手朝他身後的不遠處指了指。李子軒迷茫地轉頭看了一眼，之後頓時破口大罵。

只見幾十公尺開外的一個光纖管網井蓋被我掀開了，找了一台除霾水炮對準管網井裡不斷地噴水霧。除霾水炮的功率強勁，足夠讓一整段管網降溫。就是用了這個辦法，我才能悠閒的守株待兔，讓李子軒以為自己被懲罰者追趕，兔子似的從地下忙不迭地逃了出來。

「你娘家的仙人板板。」李子軒沒力氣嘶吼，可是罵人的功夫顯然是練過的，最根本不閒著，髒話不帶重複的。顯然恨死我了。

我聽得不耐煩起來，掏出一把槍抵在他腦門上：「說實話，我們倆看得挺對眼。我很看得起你，也很想幫你。」

見我槍都掏出來了，肥宅識趣地閉上了嘴：「鬼才要你幫。你真要幫我，麻煩把槍口移開。」

我沒有移開槍口，也沒說話。

「你要殺我就殺吧，我生無可戀了。」肥宅嘴硬。

我還是沒有說話。

「殺我啊，扣動扳機啊。」

我撇撇嘴：「不準備報仇了，就一心想死？」

「對啊，給我一個痛快。」李子軒閉上眼。

「那行。總之我們都是昨晚警局失蹤案的嫌疑犯，死了你一個，正好可以把所有的罪全栽贓給你。這世界，反正也沒人在乎你死活。」我陰笑著，扣起了扳機。

聽到撞針抬起來的清脆響聲，剛才還一心求死的肥宅立刻慌了：「別別，我剛剛就鬧著玩。嘴硬來著。」

「不想死了？」

「不想了不想了，我還是想替父母報仇試試。」

我點頭，「挺好。那就將你知道的一切都告訴我。那個奇怪的藍鯨遊戲、你為什麼突然變瘦、懲罰者到底是怎樣的存在。以及，你為什麼和沈科一家扯上關係。」

「我說，我馬上說。」李子軒腆著臉討好地笑著：「那個，能不能請你把我腦門上的槍口移開。怪難受的。」

「快說！」我仍舊沒有移開槍口。

「好好好，我說，我說。」

李子軒沉默了片刻後，開始講述起了自己知道的所有事情。

他從自己買了等身人形 PVC 開始說，等到他發現自己買的那等身人形 PVC 真的有問題時，已經是快一個月前的事了。

□

根據量子力學解釋，宇宙是不存在的。甚至包括所有物質世界，都是人類第六識所創造出來的。和你睡了十幾年的嬌妻，在量子力學中的解釋，那是你意淫出來的，本質上並不存在。你的妻子只是一堆電子信號，進入你的大腦轉換後成了一種真實的東西。

至少李子軒是用這個藉口來做為宅男不需要女友甚至老婆，更不需要傳宗接代，只需要待在自己的屋子裡自己的世界中。這是個長達七年的藉口。比上一個關於女性都是恐龍的藉口還要中肯一些，說的多了，他自己差點都相信了。

直到他剛買了四天的等身人形PVC突然有了人類般的質感，甚至越變越詭異時。他更加確定了自己關於這個世界是虛假的理論。老婆什麼的人類什麼的，恐怕都是臆想的，是外星人創造出來的。說不定，他就活在虛擬的世界中，否則為什麼一個萊卡材料做成的，實質上就是個大布娃娃的人形PVC，表面的萊卡布手感，會變成真人的觸感？

這不就是赤裸裸的虛擬世界出現了Bug的表現嗎？

七月十日，李子軒裝設的四個監控器，拍到了令他驚訝的一幕。在他睡著後，那二手等身人形PVC就搖搖晃晃地站了起來。大大的眼睛、冰冷的笑容、漂亮的臉蛋，都透露出一絲陰森森的恐怖。

人形PVC從椅子上慢吞吞地想要站穩，可是沒支持多久便倒在了地上。接近一百五十公分的人形PVC在地上僵硬地抽動四肢，猶如咒怨電影裡的伽椰子，撐著蜘蛛似的四肢，腦袋以彆扭的姿勢最終爬到了李子軒的床上。

躺在了他身旁。

冰冷的只有人形的玩偶本來就是會讓人害怕的物品，特別是當沒有生命的東西學習人類的動作，就會形成恐怖谷理論，讓看到的人非常彆扭不舒服。

看完影片的李子軒很害怕。他一咬牙，走到等身人形PVC旁，再次摸了摸它的身體。等身人形 PVC 軟綿綿的，確實逐漸出現了人類的觸感。用手指使勁兒往裡邊戳，能戳到金屬骨架。宅男確認了一番，沒發現人形 PVC 中有機械動力裝置。

也就是說，單靠金屬骨架，人形 PVC 是不可能自己動的？那昨晚監視器記錄下的一幕，又是怎麼回事？那人形 PVC，為什麼用爬的，都要爬到自己身旁？

李子軒，嗅到了不祥的味道。他不敢再將人形 PVC 留在自己房間裡了。誰知道這人形 PVC 上是不是附了鬼怪啥的，成精了。書上說，精怪鬼一類的，會吸取男性的陽氣。說不定這人形 PVC 爬上自己的床，就是為了吸他的生命力量呢。

這肥宅怕了。當晚趁著夜色將等身人形 PVC 抬出去，扔在了樓下的垃圾桶裡。

沒有了那詭異的人形 PVC，房間空蕩蕩的，顯得格外安全。那夜李子軒照例玩遊戲看影片到深夜，吃了點宵夜就昏沉沉地睡著了。

當他醒來後，感覺身旁有個柔軟的東西抱著他。李子軒揉著惺忪的睡眼，看清楚身旁抱著他的物體時，立刻就嚇醒了。整個人發出堪比美女高音的尖叫。

在他身旁的是等身人形 PVC，那個昨晚就被自己扔掉了的人形 PVC。人形 PVC 上的萊卡布料顯得有些骯髒，散發著垃圾桶裡特有的惡臭。

等身人形 PVC 漂亮的臉蛋髒兮兮的，大大的眼睛正冰冷地看著他。李子軒肥胖的身軀被嚇得靈敏了不少，當下就從床上滾了下去。

人偶依然保持著抱他的姿勢。他的床上多了許多散發著汙穢味道的發黴果皮以及餿水油，恐怕是等身人形PVC回來時從垃圾桶中帶上床的。

他和一個鬧鬼的人偶，以及許多垃圾睡了一整晚？

李子軒感覺又害怕又噁心。他不敢拖延，也不在乎什麼肥宅都是不需要出門的約定俗成。將人形PVC裝在一個大箱子中拉了出去。他一直往前走，走到了幾百公尺外一個垃圾回收站門口，這才將人形PVC扔掉。

那晚他根本不敢睡覺，睜著眼睛，如果眼皮閉了，就找個夾子將眼皮夾住。原本對李子軒而言，通宵達旦的打遊戲根本不算是個事兒，這是肥宅們的標配技能。可在那天，保持睡眠，簡直是要了他的老命。

他喝了許多咖啡，終於撐到了太陽升起。等身人形PVC，並沒有回來。肥宅心裡鬆了口氣，上床睡了一覺。可剛睡了不久，就聽到房間門外傳來了敲門聲。

「誰。」李子軒警戒地問。

「是我，你爸。」爸爸在房間門口用稀奇的語氣說：「跟你說個奇怪的事情，咱們社區門口不知道誰丟了一個人偶。跟真人一般大小，打扮得挺漂亮的。一看就知道是個高級貨。你不是喜歡類似的東西嗎？我就幫你撿回來了。」

這席話，令李子軒從頭冷到了腳底。迅速打開門，一眼就看到了老爸口中的人偶，不正是昨晚自己拚命扔掉的那個嗎？可愛的等身人偶甜甜的笑不再可愛，給他帶來的全是恐懼。

肥宅迅速將人偶扯入房裡，啪的一聲關上了門。

只留他爸爸在那兒罵罵咧咧：「臭小子，那麼重的人偶老子都不顧面子給你抬回來了。謝都不會說一聲！」

「不行，還得扔遠一點。」看著再次回家的等身人偶，李子軒思緒萬千。他等到傍晚又一次出門，將裝著人形PVC的行李箱拉得遠遠的。

一直來到了兩公里外的爛棺社區，找了個偏僻的草坪前。趁著沒人看到，挖了個坑將等身人形PVC連人帶箱埋了進去。

李子軒算是明白了，人形PVC總是等到他睡覺的時候才活動。至於白天會不會限制它的動能，根本就沒有個根據。只要他閉眼睡覺了，等身人形PVC恐怕就會從坑裡爬回來。

不行，不能睡！

肥宅朝胃裡灌了大量咖啡，他準備堅持著不睡覺，直到尋找出解決那個等身人形PVC的問題。他在網路世界尋找答案，一夜沒睡的他等天亮了就偷偷出了門。他找到附近寺廟的高僧，高價求了一道驅邪符貼在了房間門背後。

李子軒堅持了整整三天沒睡，到第四天時，他實在撐不住了。腦袋啪的一聲落在了電腦桌上，就算鼻子痛也沒有減輕他的睡意。

他，還是睡著了。

過於疲倦的他連夢都沒有作，他一直睡，不知道多久才清醒過來。等他睜開眼時，那一刻，李子軒的內心充滿了絕望。

帶著刺骨陰冷笑意的等身人形 PVC，果然回來了。就站在離他近在咫尺的地方，身軀微微彎曲，臉就快要挨著他的臉了。就在肥宅睜眼的瞬間，人形 PVC 如同失去了某種神秘力量的支撐，倒在了地上。

一同掉在地上的，還有他高價求來的驅邪符。那張鬼畫符被扯成了兩半，一半被人形 PVC 咬著，另一半飄到地面。那撕裂的痕跡，彷彿一張微笑的嘴，充滿了莫大的諷刺。

肥宅實在不知道該怎麼辦了，他在想，要不要試試買點汽油，乾脆把人形 PVC 燒個一乾二淨？就在這時，只用來打遊戲，電話簿上一個人都沒有的手機，突然響了起來。

刺耳的鈴聲嚇了他一大跳。這傢伙已經很久沒有聽到過自己電話的響聲，他疑惑地看了一眼亮起的手機螢幕。

不是電話，只是簡訊而已。

螢幕上，簡訊的內容讓只看了一眼的李子軒瞪大了眼。

「你是不是覺得奇怪，為什麼你的等身人偶活了？回覆Y或者N。」

傻樣的李子軒沒弄清楚情況，他下意識地回覆了Y後，這才想起哪裡不太對。發簡訊的人，為什麼知道自己家的人偶在鬧鬼？他連忙查詢寄件者，可寄件者那一欄，沒有任何數字。

是空的。

根本就沒有什麼寄件者，那到底這個簡訊，是誰寄給他的？李子軒覺得發生在自己身上的事，越發的古怪。

很快，又一則簡訊發了過來，「要跟我玩一個遊戲嗎？」

「什麼遊戲？我跟你玩有什麼好處？你怎麼知道我家裡在鬧鬼？」一連串的疑問，被李子軒寫進簡訊中。

「因為我在看著你。我跟你玩藍鯨遊戲。如果你把這個遊戲破關了，你的等身人偶就會變成真正的人。會嫁給你，永遠和你在一起。請回覆Y或者N。」

李子軒沉默了，他這一剎那思緒萬千。雖然他確實害怕這個會在自己睡著後活動的等身人偶，可似乎那人偶並沒有傷害過他。

作為宅男，他的想像力豐富得有些過了頭，腦迴路也很特別。害怕惶恐之後，李子軒竟然開始了浮想翩翩。如果萊卡布做成的玩偶真的變成了真人其實也挺不錯，不會說話、不跟你要結婚的房子車子、更不用你薪水上繳陪著她吃喝玩樂要抱抱。

人偶簡直就是宅男傳說中最強的老婆嘛。

肥宅猶豫了一下後，回覆了Y。

沒想到，這竟然才是噩夢的開始！
藍鯨遊戲，開始了！

第十一章 恐怖任務

「我從來沒有見到過下命令、宣佈任務的人。他只透過沒有聯絡人的簡訊跟我聯絡。我只知道，這個藍鯨遊戲要破關，需要十三關。」李子軒嘆了口氣：「現在想來，我當初簡直是入了魔。也許這個遊戲本身就是一種心理暗示，只要加入後，執行第一個任務開始。你就很難停下來了。」

「我的第一個任務，是打死房間裡的一隻蒼蠅。」

李子軒找到了一隻蒼蠅，將它拍死。

沒過多久，他再次去打量家裡的等身人偶時，驚訝的發現這遊戲果然有用。人偶的皮膚變得更加細膩，臉部上的萊卡布料質感，幾乎快要不見了。

人類的大腦天生就會對簡單卻重複，不需要浪費太多能量的動作上癮。而且大腦根本不在乎，這些行為到底是不是浪費、甚至算不算有意義。例如許多人都喜歡捏塑膠泡泡。再加上，那些簡單的動作，還可以帶來驚喜。

於是第二個任務來的時候，李子軒毫不猶豫地做了。

「剪你的手指甲，餵給人偶吃。」手機震動了一下，傳來這個簡訊。

娃娃怎麼吃手指甲？肥宅眨巴了下眼睛，他覺得這任務似乎有些詭異。但擔心也就一瞬間罷了，李子軒找來一把剪刀，兩三下剪掉了自己的十個手指甲。猶豫著來到等身人偶前，試著掰了掰人偶的嘴。

萊卡布料做皮膚的人偶，嘴是畫上去的，不可能張開。可是讓人震驚的一幕出現了。等身人形 PVC 真的張口了，櫻桃小口微微輕啟，裡邊粉嫩粉嫩的。內部不像人類的嘴，反而有個很深很深的黑洞。

李子軒撓撓頭，將剪下來的指甲全都丟進了人偶嘴裡的洞中。

吃了自己指甲的人偶，它纖細的手指變得越發的有光澤。畫上去的手指甲反射著寒光，如同真的長了指甲似的。

「第三個任務，將你的腳上的腳皮剮下來，餵給人偶吃。」

「第四個任務，將你的手指割破，滴一滴血到人偶嘴裡。」

「第五個任務……」

「第六個任務……」

李子軒以平均每天三個任務的進度機械地重複著手機簡訊給他的任務。剛開始的任務確實很簡單沒有任何難度。

但是從第四天開始，情況就變了。就連他的體重，也變了。他一天比一天變瘦，偶然在開門拿飯的時候，媽媽看到了他的模樣甚至嚇了一大跳。

媽媽望著他的眼神，無比的陌生：「你怎麼變這麼瘦了？」

李子軒不以為然地找了個鏡子照了一下，大吃一驚。果然，自己什麼時候，開始變瘦的？本來一百多公斤的體重，現在看起來也不過只剩下六十幾公斤。

這，有點不太對啊。

等到第四天，開始第九個任務時。他那不對勁的預感，更加強烈了。

手機簡訊彈出：「第九個任務……」

講到這裡，李子軒的語氣頓了頓，沒有接著說下去。我也皺了皺眉頭，轉頭向後望去。在這個偏僻的地方，似乎有人來了。

「有人！」肥宅緊張地說。

「誰來了？獵殺者？」說完我搖了搖腦袋，獵殺者是看不見的。但是我卻能聽到腳步聲由遠至近。不止一個人。

這時，遠遠地傳來了一陣叫：「肥客，是你嗎？我是王老五。」

肥宅頓時鬆了口氣：「果然是我朋友。」

「你也有朋友？」我吃驚。這傢伙宅在家裡七年大門不出二門不邁，哪來的朋友？

「說朋友也不對。我們都沒見過面，全是藍鯨遊戲的受害者。」李子軒說：「我在逃出警局的時候就跟他們聯絡上了。那些傢伙裡有個人調查出藍鯨遊戲的神秘發起者的真實身分。我們要去，結束這個遊戲。」

黑暗中，腳步聲越來越近。凌亂的腳步夾雜著沉重，來人大約有三個左右。我拖著李子軒就跑，拚命加快速度朝著那群人趕來的反方向逃。

「你幹嘛。」李子軒疑惑地叫著：「我都說了那些人是我朋友。」

「屁的朋友。你仔細想想我們現在在哪兒？」我急匆匆丟給他這句話。

「這裡？」李子軒猛地渾身一抖，終於知道哪裡有問題了。他確實和幾個有利益關係的人在網路上約好了碰面的地點。時間也是對的。可地方不對！他根本就沒有到碰頭的位置，而是提早被除霾大炮嚇了出來。

這些所謂的朋友，是怎麼搞清楚他的具體地點，而且還找了過來。

「你手機裡恐怕被植入了木馬程式。」我撇撇嘴。自己昨晚也在這肥宅身上貼了跟蹤裝置，不然怎麼可能輕易找到他。

「可這也不能證明他們對我有不良居心啊。」李子軒弱弱地說：「也有可能是擔心我。」

「這句話也只有典型的沒有朋友的人才敢說得出口。」我嗤笑道。

李子軒腳下不慢地跟著我跑，嘴上放炮：「說得你好像有很多好朋友似的。」

我啞然。仔細想想，自己真正的朋友似乎也確實沒多少。最好的兩個變成夫妻，現在還帶著兒子一起失蹤了。沈科一家子，現在不知死活。但我有預感，他們應該是活著，只是現狀可能不太好。

否則為什麼藍鯨遊戲的主使者只是讓李子軒去綁架沈聰，而不是殺了他們一家呢？活人，才有利用價值？那遊戲主使者，究竟想要沈科他們幹啥？這三個丟在人堆裡都普通的不能再普通的普通家庭，要錢沒有、要苦惱有一堆。到底有什麼值得利用的？

「肥客，咦，你怎麼在跑啊？」後邊的三人沒有意料到李子軒會跑，措手不及下愣了愣，然後就拔腿追了上來。一邊跑一邊還喊著：「我們約好碰面了，你跑什麼跑。」

另一人喊著：「肥客，我是摸頭。我真找到主使者是誰了，今晚咱們四個就摸到他家把他給殺了。咱們就都不用死了！」

李子軒被那三人喊的話說得有些心動了，微微放慢了腳步，猶豫地看我：「夜不語先生，你看都找到主使者的地址了，要不……」

「他們說的屁話你還真相信了。我現在百分之百肯定，那些人是來弄死你的。」我冷笑：「事情太明顯了。誰知道你的行蹤？誰在你的手機裡植入了木馬程式？這三人你本來就不熟，他們將木馬程式植入你的手機的可能性微乎其微。那就意味著，木馬程式是藍鯨遊戲的主使者植入的。他靠木馬程式發沒有寄件者的簡訊給你，還用這程式定位你的位置。」

「這三人知道了你的當前位置，也就意味著，位置資訊是主使者發的。他肯定給三人發佈了什麼任務。」我哼了一聲：「例如要了你的命，就能夠從藍鯨遊戲裡逃脫。」

李子軒打了個冷顫，心徹底涼了。因為我的猜測，十之八九是對的。可他想不明白，主使者為什麼一定要執著於殺掉他？不但派懲罰者來，現在還派了另外三個參加了藍鯨遊戲的傢伙。

不只是肥宅疑慮，對此，我也十分不解。藍鯨遊戲的組織者到底在想什麼？如此堅決地要致他於死地，甚至不惜一切。難道是李子軒做了什麼特殊的事情，嚴重影響了藍鯨遊戲的進度？甚至有些事，已經超出了組織者的掌握？

我一瞬間想了很多，總覺得自己似乎已經抓到了些許真相。

追在身後的三人，見誘勸無效，轉為咒罵和威脅起李子軒來。不過我們跑得及時，又快。那三人老是追不上。黑暗中的路，僻靜又蕭條。風吹在身上越發的涼。

不知何時耳畔傳來了幾響鞭炮聲，李子軒詫異道：「大晚上的哪裡在放炮？」

「放你的頭。你沒感覺剛剛有什麼東西飛過去啊？」我罵道：「那是後邊追的人開槍了。奶奶的，不知道哪裡買的土槍，準頭差得很。」

土槍就因為打不準才最危險。新手打牌都有瞎貓碰到死耗子的時候，更不要說打不準的槍了。明明不想要你命的，結果子彈一偏就把你給斃了。

「槍！」肥宅怕得縮了縮脖子，速度又快了些。

背後的人和我們的距離越拉越遠，幾聲槍響後，土槍卡殼再也打不響了。黑暗中罵罵咧咧的追趕聲音最終消失得一乾二淨。

我們跑得氣喘吁吁，在黑乎乎的小巷子裡轉來轉去，確定不可能被追到後停住腳步。一個靠著牆，一個直接癱在地上，大口大口地呼吸。

「我擦，簡直要了我的命了。」李子軒挨著冰冷的地面問：「夜不語先生，現在我們怎麼辦？」

「這就要問你了。」我淡淡說：「你跟他們約的地方，在哪兒？」

肥宅啞了，沒有吭聲。

「怎麼，不願意說嗎？是不是有什麼難言之隱？」我語氣裡透著調侃：「不用你說我也猜得到，那條光纖管道一直通往爛棺社區。你是想去當初埋等身玩偶的地方和那三人匯合，對吧？」

「你怎麼猜到的？」肥宅有些吃驚。

我冷笑道：「很簡單的推理。」

自己把沈科以及徐露家裡發生的事情，簡單地講了一遍。

「根據你的故事裡，我把許多地方都相互串聯了一遍。七月一日時，你在網上購買二手等身人形 PVC 娃娃。七月五日，你的人形 PVC 才寄到家。而從七月九日開始，你逐漸發現人形 PVC 有問題。而同樣是近二十天前的七月十五日，徐露發現住在爛棺社區的徐婆行為異常，撿了許多破爛將門口一片草坪圍了起來。」

「我猜，你埋娃娃的地方，正是徐婆圍起來的位置。鬧鬼的玩偶想要從被埋的土裡出來，被徐婆聽到了。那個老婆婆精神有問題，不知道把那聲音當做了什麼，所以想把發出聲音的東西挖出來。」

「十幾天前，徐露或許真的發現了什麼，只是她並沒有意識到。但是危險卻沒有因為她有心還是無心而放過她。她確實是將危險帶回了自己家中。」

「所以造成了沈科家鬧鬼。你才會接到任務，潛入他們的家裡，想要傷害甚至綁架他們的兒子。」

講到這兒，我瞇了瞇眼。總覺得其中有些不太合理的地方。如果徐婆挖出的真的是等身人偶，那麼和李子軒之後的故事，就不怎麼對得上了。難道其中還有別的隱情？還是說，李子軒又撒謊了？

沒來得及深入思考，我又想到了另一個問題：「話說，你潛入沈科家是你第幾個藍鯨任務？任務的內容到底是什麼？」

「能不能不說？」肥宅依舊遮遮掩掩的，顯然是不想提及。

「可以。」我笑咪咪的，從口袋裡掏出槍抵在他腦門上：「隨便你愛說不說。不過我最近得了腱鞘炎，手指隨時有可能抽筋導致槍走火。」

「我說還不行嗎？那是我的第十一個任務。至於內容，你自己看。」李子軒鬱悶地掏出手機，遞給我。

我接過去翻出簡訊看起來，「第十一個任務，潛入籬笆社區六棟二樓徐露家，綁架他們一家人。」

「綁架他們一家子？」我抬頭，似笑非笑：「這個任務可有點困難。」

藍鯨遊戲的組織者果然是針對沈科一家，而並非單純是沈聰這個小屁孩。怪了，徐露他們和這組織者八竿子打不到一塊兒去，到底是什麼地方得罪那個神秘的組織者了？還是說，並不是得罪，而是有別的理由？

「肯定困難啊。可是當時在執行第九個和第十個任務的時候，我就猶豫過超過了時限。最後那看不到的懲罰者出現了，險些殺掉我。還好我命大，見風使舵得快，一咬牙，幹了。在懲罰者快要殺掉我前，完成了任務。要知道這個藍鯨遊戲據說一直都有人玩，可之前玩過的人去哪兒了？」

「有一些或許是真的完成這遊戲，活著退出了。而更多的，怕了退縮了，最後被懲罰者殺掉了。」

肥宅苦著臉：「但是綁架人這種事我哪裡做得來，哥人可善良了。掃地不傷螻蟻命，愛惜飛蛾罩紗燈，老子太他奶奶善良了。可是我怕懲罰者殺我啊，只好幹了。三個人太多，我觀察了他們一家子後，最後決定先綁架最小的。」

「哪知道還沒有出手，就看到了可怕的一幕。」李子軒嘆了口氣後，突然沒再繼續說下去。

我直覺地嗅到了他話裡的恐懼，突然，腦海裡竄出了一個重要的問題。

「你在綁架沈聰的那晚，到底在床下邊看到了什麼？」自己沉聲道。這個問題實在是太重要了，可惜一直被我忽略。如果那晚躲在沈聰床下的是懲罰者的話，為什麼懲罰者會阻止李子軒綁架沈聰，還嚇唬他？

而且，懲罰者明明是無形的。李子軒又怎麼可能看得到？難道，兩者並不是同一個東西。可問題又來了，為什麼床下怪物害怕的鐵銹，懲罰者同樣也會害怕。

大量的疑問衝入了腦中，我一時間竟然有些愣了。

想起了那一晚，李子軒害怕得瑟瑟發抖：「我看見了，我看見了，這輩子永遠也不想再看到第二遍的東西。」

「什麼東西？」

「那是一個有著人形模樣的生物，沒有皮膚，通體血淋淋的。我看到它探出了頭，猶如在學校生物實驗室裡看到的人體模型。它在笑，臉上的笑容充滿了戲謔和冰冷。」

李子軒打了個冷噤：「那張臉太熟悉了。分明就是我自己的。沒有皮膚的臉上紅白肌肉縱橫，一笑，血就不停往下滴。我實在嚇壞了，什麼也顧不上就撞碎玻璃逃了出去。」

我愣了愣：「你說你看到了你自己？」

「對。」

「看到了你自己沒了皮膚躲在床底下，還探出了腦袋？」我再次加重語氣詢問，語氣非常急迫。

肥宅有些詫異：「對啊。」

「它真的探出了腦袋？」

「沒錯。我很確定。」李子軒被我連續的追問弄得有些懵，他搞不懂我為什麼沒問他床下怎麼會有一個沒皮膚的自己。卻極為在乎那個自己，有沒有從床底下探出頭。

我眼皮急速跳動了幾下，大腦幾乎要抽筋了。不太對，自己從前的猜測完全錯了。當初我認為懲罰者害怕鐵銹，是從沈聰兒童房床底下的鐵銹來推斷床下怪物也同樣害怕鐵銹，所以不敢從床下離開。這一點大錯特錯。

假如，兒童床下那像是鐵銹的物質，根本就不是鐵銹呢？那所謂的鐵銹，如果是床下怪物滴下的血凝固成的分泌物。這就能解釋，為什麼兒童鋼架床的鐵銹會剝落得那麼奇形怪狀了。

但問題又來了，我明明在拘留室裡抹了一把鐵銹扔向懲罰者，令懲罰者暫時停止了活動。這又是怎麼回事？

除非，昨晚，我在鐵柵欄上隨手一抹，抹到的東西，也同樣不是鐵銹。

想到這兒，我渾身一冷，後背發涼得厲害。自己一直以為昨晚的監獄裡只有我、李子軒和懲罰者存在。恐怕這一點也錯了。那個床下怪物同樣在拘留室，它隱藏在黑暗的深邃處，只將分泌物不小心蹭了一點在欄杆上。

類似鐵銹的物質，到底是什麼成分？既然能傷害懲罰者，那就意味著，床下怪物的分泌物和懲罰者是化學屬性完全相反的兩種東西。所以兩者一接觸，才會產生劇烈化學反應之後爆炸開。

我呆在原地一時間想了很多。果然要去爛棺社區去一趟。我個人認為，或許不止李子軒偶然將鬧鬼的玩偶埋在了爛棺社區的偏僻處被徐婆發現了。更有可能，一切疑惑的謎底，都還殘留在爛棺社區中，等待著揭開的時刻。

懲罰者、床下怪物、神秘的藍鯨遊戲組織者。這個城市到底有多少人在同時玩著這不一般的詭異改版死亡遊戲？或許，遠遠不止李子軒等四人。

我深深地感覺到，恐怕無論是自己還是沈科一家，都陷入了某個大大的陷阱當中，難以自拔。那個帶有善意的神秘Ｍ，讓我快快離開的Ｍ，到底知道什麼？

「你為什麼要將匯合地點，定在爛棺社區？」想到這兒，我越發的覺得身旁的肥宅不老實。所以一把拽住了他的後脖子。

李子軒愣了愣：「我也不知道啊。」

「你不知道？」我準備抽手槍了。

「哥，大兄弟，我叫你爺爺了行不。我真不知道。匯合地點不是我訂的。」肥宅連忙解釋。

我的眼皮又跳了幾下：「不是你訂的，那就是其他三人決定的咯。」

那三人對肥宅有企圖，也就意味著，藍鯨遊戲的發起者準備將肥宅誘騙到爛棺社區去。果然那老舊社區隱藏著某個重要的秘密。如果說原始的藍鯨遊戲無法堅持任務沒有玩下去，僅僅會遭到組織者咒罵威脅的話。

這個變異藍鯨遊戲沒玩下去的代價就嚴重得多了。無形的懲罰者會被組織者派來殺掉沒有完成任務的人。肥宅在講述自己經歷的時候，穿插著也提及過，有好幾個人就被懲罰者殺掉了。

肥宅的第十一個任務明明以失敗告終，可是懲罰者一直都沒能殺掉他。甚至只能用殺死他的雙親威脅他。李子軒真的只是一個單純的肥宅？到底有什麼原因，讓他在恐怖的擁有超自然能力的懲罰者面前，存活了下來？

除了幸運外，真的沒別的了？

「我們要去爛棺社區嗎？」肥宅從我的語氣裡，聽出了我似乎對爛棺社區很感興趣。

「當然要。走吧。」我掏出手機看了看地圖。這裡離爛棺社區已經很近了，只要繞過這道圍牆，穿過一片池塘就能到。

我拽著李子軒東繞西轉地出了圍牆，急匆匆地朝前走。自己內心深處有強烈的不安感，總覺得沈科一家，已經堅持不了多久了。

必須要加快速度，儘快將他們三人找到。

李子軒用盡吃奶的力氣跟著我一路小跑，但我們來到了池塘前時，同時停住了腳步。

傻了！

第十二章 水中央

爛棺社區前的池塘，要說是池塘，不如說是一個裝滿了水的大坑。這個大坑是十多年前舊城改造時挖的地基，具體深淺不明。挖出來不久建築公司倒閉，坑也沒有回填，就那麼廢棄在這兒。

持續的雨水倒灌將坑填滿後，附近的居民便養了魚蝦，野生了許多的水生植物。夏天時節看起來倒也綠油油的，青翠宜人。

逮住李子軒的時候，天空還灰濛濛的看得清影子。春城晚夏的夜來得早。還沒到九點，周圍早已黑盡。再加上附近荒涼沒有路燈，只靠著微弱的月光，很多東西都看不太清楚。

池塘裡綠意盎然。可令我和李子軒傻住的，卻是另一件事。前段時間的大雨不只讓池塘水漫了出來，還讓周圍低窪處積滿了污水，根本沒有辦法繞過去。

更怪的是，大晚上的，有個穿著白衣服的女子在池塘裡游泳。看那女子年紀也不算大，差不多二十歲上下。

我皺了皺眉，一個單身女子在這荒涼的地方，穿的還不是睡衣。怎麼想都有點古怪。這赤裸裸的，這根本是恐怖片才有的情節啊。

李子軒也有些搞不懂：「夜哥，那女人挺漂亮的。一個人在這鳥不拉屎遠離居住區的地方游泳，不怕危險啊？而且，最近天也不熱啊。」

「管她的，別找閒事。咱們先想辦法找繞到爛棺社區的路再說。」我不動聲色地壓低聲音。幹正事要緊，往後退回去走正路早已行不通了，一是浪費時間，二還有三個拿著火器的瘋子在追李子軒。

「行。」肥宅挺聽話。

我們儘量不發出聲音，貼著圍牆想要找到一塊水不那麼深的地方通過。李子軒不時偷窺那穿著單薄小衣的游泳女子，女人確實挺漂亮。他活了二十九年了，還是第一次用肉眼看這麼美穿這麼少的真人女性。

不由得，他看入迷了。

就在這時，游泳的女子身子突然抽搐了幾下，頭猛地在水裡撲騰，似乎水中有什麼拽住了她。

「救命，有沒有人，快救我！」女子慌了，驚恐失措地大喊大叫。她雙手用力撲打著水花，發出了嘩啦啦的噪音。

李子軒頓時急了，剛想要開口大叫讓女子不要慌。我發覺了他的異樣，連忙將他的嘴一把捂住。

「你丫的想幹嘛？」我用手掌堵他的嘴，又用另一隻手卡在他喉結上，將他剛冒到喉嚨口的喊聲給塞了回去。

「我要去救人啊。」肥宅等我的手鬆了一些後，手舞足蹈道：「你沒見到游泳的女孩有危險在求救嗎？」

「看到了啊。」我瞥了池塘一眼，確實看到了游泳的女子大呼小叫，眼看似乎就要窒息沒命了。

「那我們還不去救她。」李子軒瞪我：「太沒有同情心了吧，冷血動物。」

我冷笑：「你他奶奶的冷靜點。給我仔細看清楚，你還沒有看出哪裡不對勁兒嗎？」

我將肥宅的腦袋掰到正對池塘的位置，讓他看清楚溺水女性的臉：「你，能清清楚楚地看到她的模樣，對吧？她很漂亮，對吧？」

「對啊。你快看，她真的要不行了。要死了，死了！」李子軒聲音又要大了起來，被我一巴掌拍在腦袋上，他聲音頓時萎縮了。

「小聲點。你給老子再看清楚一些。」我冷冷道：「你就不覺得奇怪，為什麼你能看得清楚她的臉？明明現在黑燈瞎火的，天上月光都消失了。」

池塘畔所有的光都失蹤了，黑漆漆的，什麼也看不清楚。池塘附近在微風中搖戈的荷葉朦朧得幾乎只剩下了一團黑乎乎的影子。那個女子明明離開我們有幾十公尺遠，可在黑夜裡，驚恐失措、大口大口喝著池塘水，就要溺斃的楚楚可憐模樣，卻看得清清楚楚。

李子軒不笨，被我一說頓時明白了。他後背發涼：「對啊，那麼遠的距離，就算是白天都不一定看得清一個人的臉。可是我看那女子的臉，清楚得很。現在明明是晚上。」

那個女子周圍確實是一片漆黑，但是唯獨她的臉附近是有亮光的。那不知從何而來的亮光在黑夜中也不顯眼，只是突出了她的臉部，讓她的容貌混在環境中，不突兀。正是這種不突兀的感覺，引起了我的警覺。

「說不定那女子，根本就不是人類。」我的聲音越發的冰冷，「沒有哪個正常人類，能夠讓你在黑夜中隔著幾十公尺遠，看清楚她的臉。而且，她一直在水中，只露出了臉部、頸部和半截手。露出過其他的部位嗎？她撲騰的位置，哪怕動作已經夠猛烈了，也完全沒有移動過。」

「如果她真的溺水了，漂浮在水面上，身體應該會隨著動作移動才對。這女人，疑點太多了！」我說著。如果不是因為看得見她，我甚至會認為她就是懲罰者變的。

空氣裡充斥著詭異的寒。李子軒清醒了，也沒再敢喊著去救人。在池塘中央努力撲騰的溺水女子顯然察覺到了什麼，她突然停止了呼救。甚至完全停住了自己所有的動作。

漂亮女子靜靜地待在水裡，在那片不知深淺的水域中站定了似的。可明明，她溺水的地方本應該是池塘最深處。女子發光的腦袋緩緩的在水中轉了一百八十度，似乎在尋找著什麼。最終，她的腦袋再一次凝固住了。

她睜開黑白分明的大眼睛，直勾勾地看向池塘邊的某一處。那裡，正是我和李子軒躲著的位置。

女子的眼神沒有任何人類的感情，機械得如同木頭人。她的視線透著刺骨的冰冷，彷彿看我們倆就像在看兩具屍體。看得我和李子軒不寒而慄。

「她發現我們了。」肥宅倒吸了一口涼氣。

「她一直都知道我們的存在，不然剛才演戲給誰看。」我撇撇嘴：「走，快點離開。我老有種不好的預感。」

肥宅小聲咕噥著：「那女人想要把我們騙下水幹嘛？」

「鬼知道，總之沒好事。」用膝蓋想都知道，如果李子軒剛剛被騙下水了，他哪裡還有小命在。

我們轉身在那女人直勾勾的視線裡找地方離開。就算背過身，也能感覺到她盯著我們的眼神，那是一股能令人背後發毛的視線。

終於找到了一條沒有水的小路，我們花了接近十分鐘才繞過池塘。下意識地回頭再朝水塘裡看的時候，水塘中烏漆摸黑的什麼也看不到。哪裡還有什麼游泳的女人！

「夜哥，你說我們剛剛是不是見鬼了？」肥宅使勁兒地揉眼睛，確定那女人不在了，害怕不已。

「鬼不存在。剛才的女人有可能是幻覺，也有可能和藍鯨遊戲的組織者有關。總之有一股力量在阻止我們進入爛棺社區。」我斟酌道：「這也就更證明了，爛棺社區隱藏著所有秘密的答案。」

繞過了池塘，又走了幾分鐘的路，就來到了大路上。爛棺社區就在馬路的對面。夜晚九點，街道和社區裡燈火通明，散發著祥和的氣息。可是我卻通體冰冷，甚至隱隱有些害怕。

藍鯨遊戲的組織者是誰？沈科一家三口是不是真的被他綁架了？躲在沈聰床下的怪物是怎樣的存在？一切，真的都能在這裡解開嗎？

我有點不確定，所以要更加堅定地走進去尋找線索。

「走吧。」我揮揮手，率先往前邁步。越過那條接近十公尺寬的馬路，一步踏入了爛棺社區中。

是時候，揪出主使人了！

爛棺社區的名字由來已經不可考了，在春城，以前這裡曾經是爛棺鎮。有一個傳說是，開拓這個鎮的時候從地下挖出了許多朽爛的棺材，由此得名。滄海桑田，經過幾十年的城市化進程，爛棺社區也被包裹進了春城城區。

只不過由於歷史原因，這裡哪怕是城區，也顯得偏僻破舊。和它的名字一樣，充滿了腐朽的氣息。

爛棺社區全是由補償建物組成的，裡邊住了大量退休老人以及圖租金便宜的流動人口。白天還算熱鬧，一到晚上，社區裡就渲染著老年人的作息時間。才九點，已經無比安靜了。走在社區的道路上，空無一人。

我讓李子軒帶路，他徑直帶我來到曾經埋過鬧鬼等身人偶的位置。我看了看四周，確定了這裡正是徐露口裡徐婆家附近的草坪。

「我就把娃娃埋在了這兒。」肥宅指著不遠處說。

空蕩蕩的草坪上，接著路燈，我依稀能看到許多破爛圍成的一個圈。破爛圍欄已經破了，垃圾堆了一地，顯得髒兮兮的。

自己走近圍欄，朝裡邊看了一眼。圍欄中央果然有一個大坑，深約一米半。

「當初你可把它埋得夠深的。」我撇撇嘴。

肥宅訕訕地笑了：「我怕嘛。」

十幾天前圍成的圍欄已經沒有殘留任何線索，我打開手機照亮，跳進坑裡搜尋了幾遍，最終一無所獲。

我走出來後沉默了。徐露到底在爛棺社區裡遇到了什麼，才會導致一家人被盯上？這是所有謎題的關鍵。我四下掃視了一圈後，眼神落在了不遠處的監視器上。

對了，怎麼把這東西忘了。如果能詳細地看完監視記錄，說不定會有意想不到的線索。我連忙拽著肥宅跑到了社區的監控控制室。

「沒頭沒腦的，人家會給我們看監視器畫面嗎？」肥宅嘀咕著，有些退縮。他可是頂著殺害八個員警的逃犯名頭，比不得我改了外型。

我往他腦袋上扔了一頂大帽子，遮住了他的臉。

有錢能使鬼推磨的道理，從古至今都沒有不靈過。管社區監控的保安被我塞了幾張大額鈔票後，屁顛屁顛的跑去買酒喝了，丟下一句話：「隨便看，不要亂搞破壞就行。」

我坐在了監控前，看著大大小小十多個螢幕。每個螢幕代表著一個監視器鏡頭。老社區管理費不夠，許多監視器已經壞了，只留下螢幕麻花花的一片白。還好，正對徐婆家門口的監視器仍然運作良好。

監視記錄會留在硬碟裡大約一個月。我點開標號為 017 的記錄，從最早的影像開始看起。徐露作為一個網格員，雖然薪水不高，辦事還是挺認真的。解決許多老人們大大小小的麻煩，不厭其煩的模樣完整得被監視器記錄了下來。

她帶著網格員的胸牌，每天兩次巡視爛棺社區。早上大約是十點半，下午四點過，都能在監視畫面中看到她的身影。

一路看下去，我漸漸皺起了眉頭。不太對啊，每天早晨十點三十九分左右，會有二十秒左右的畫面變得跳躍，彷彿中間有些畫面沒有了！

這是怎麼回事？

我連忙再次將所有的影像看了好幾遍。果不其然，每天的十點三十九分，畫面會從三十秒立刻就跳到了五十秒。由於爛棺社區徐婆家附近的草坪屬於邊緣地帶，來往的人少，很難有動態參照物可以判斷畫面的跳躍。所以這二十秒的短缺，很不顯眼。

但是每一天都會缺少二十秒，這就不尋常了。除非，是有人故意將監控中那二十秒的畫面刪除了。

我的手心全是冷汗，那是一種得到了關鍵線索的狂喜。自己立刻打電話給妞妞，這個被我拐走的小蘿莉可是電腦天才，說不定她有辦法恢復那刪掉的二十秒。

小蘿莉一陣撒嬌賣萌要我陪她吃好吃的霜淇淋還有去主題樂園玩三次作為交換條件後，這才讓我將手機連接到電腦的 USB 介面上，她遠端操作電腦恢復磁片磁區。

做為頂級駭客的她，恢復刪除區域只是小菜一碟。很快，監控記錄裡被刪除的二十秒就呈現在了我和李子軒的眼前。

剛看了一眼，我和他面面相窺，驚訝得瞳孔都放大了。

該死，這是，怎麼回事？

「走，我們去徐婆家。」我艱難地吞下口水，頭也不回的離開了監控室。心裡有許多疑惑在逐漸解開。一邊走，一邊掏出手機在網路上搜索了一番後，更加確定內心的想法。

真相，原來一直都離我那麼近，我卻視而不見。

從監控室到徐婆家的路不遠，我走的很慢很慢。腦袋爆炸了似的，想了許多，不斷地歸納整理著最近幾天發生的事。

再慢的速度，徐婆家始終是要到的。黑洞洞的單元樓道裡，一樓的斑駁房門緊閉著。門後隱藏著我想要的答案。

「徐婆，妳在嗎？」我敲了敲門，示意李子軒喊話。

門內靜悄悄的，沒有人回應。

又敲了門，始終沒有人應答。我掏出萬能鑰匙將房門打開，帶著肥宅安安靜靜地走了進去。屋子裡仍然是漆黑一片，寂靜充斥著陰森，帶著腐朽的老人的體味。窗外透進的淡淡街燈，能看到屋中亂七八糟。大量家具堆積在一起，為其他房間空出了大量的空間。

這老舊的三房一廳裡，每個房間的門都緊閉著。我在空氣裡嗅了嗅，來到那堆客廳一角的家具垃圾堆前，挪開一張椅子。

一張蒼老的臉露了出來。雖然從來沒有見到過這張老婦人的臉，當我心裡清楚，她就是徐婆。

徐婆已經死了。被人殺死的，為了不讓屍體的味道外泄，兇手用大量的保鮮膜將屍體牢牢裹了一層又一層。徐婆的屍身在保鮮膜中逐漸腐爛，模樣駭人。

李子軒嚇得不斷往後退，用力捂住嘴不讓自己尖叫出聲。

「我們為什麼要到徐婆的家裡來？」對我的行為，肥宅百思不得其解。他雖然也看了那段缺失的監視畫面，可什麼端倪也沒有看出來。

我將模樣淒慘的徐婆屍體重新埋入了垃圾堆裡，徑直走到客廳中央，沒有繼續去搜索三個關閉的房間。反而找了一把椅子坐下，緩慢地說道：「從二十天以前，不，或許更早之前。其實我的朋友徐露一家子，就已經被盯上了。」

「當網格員的徐露每天早晨十點過，都會和一個穿著員警制服的人擦肩而過。他們倆明明不認識，可是在監視畫面中，只要徐露巡視爛棺社區，那一天那個員警就一定會出現。兩個人從來沒有開口說過話，甚至徐露都沒有注意到那個員警。」

「但就是這麼簡簡單單的二十秒的畫面，卻被人費盡心思故意刪除了。這是為什麼？」

我大聲說著話，彷彿不止是解釋給屋裡的李子軒聽：「當然，監控被刪掉的地方並不僅僅限於早晨的那二十秒。還有另外三處。七月十五日之前，徐婆就從草坪下聽到怪聲音。但那裡是監視器的死角，看不到發生了什麼。一直以來，我都懷疑，徐婆聽到的會不會就是李子軒埋在土裡的鬧鬼等身娃娃。我承認自己一開始就想錯了。」

「徐婆執著地挖了好幾天，不知道挖到了什麼。可她挖出的絕對不是肥宅的等身人形 PVC。因為在那之前等身人形 PVC 就已經回到了李子軒的家。或許她發現了一個絕對不應該被發現的秘密，所以，有人想要致她於死地。」

「我在監控裡看到了被擦去的記錄，那個每天都和徐露擦肩而過的員警背影在一個月黑風高的晚上，走進了徐婆家。而徐婆，再也沒有從那個家裡出來。」

「一個孤寡老人失蹤了，在這個老化率極高的破社區，不算什麼大事。徐婆甚至沒有朋友。可如果是做為網格員的徐露的話，說不定會發現什麼線索。畢竟，她人挺熱心的。」

「於是住不遠處的一個叫李子軒的肥宅，他的藍鯨遊戲第十一個任務，是綁架徐露一家人。」

「可是肥宅太沒用了，不只沒有將徐露一家三口綁架，還嚇得從窗戶外跳了出去，把事情鬧大了。」

「已經殺掉了徐婆的兇手乾脆一不做二不休，親自上門綁架了沈科三人。這樣，死掉的徐婆再也沒有人會發現了。但是那個兇手沒有想到，有一個人找上門來了。那就是我。我作為沈科的朋友，是個很棘手的麻煩人物。為了不影響自己的計畫，兇手必須要解決掉我。哪怕我不能被解決，也必須要把我的時間拖住，直到計畫完成。」

李子軒剛剛還聽得起勁，可沒過多久就覺得我說的越來越雲裡霧裡了，不由奇怪道：「夜哥，你在跟誰說話啊？」

「跟屋裡的人。」我淡淡道。

「屋裡哪裡有人。」肥宅疑惑的左顧右盼，話音剛落，就見到原本還黑漆漆的屋子燈光大亮。就連剛剛緊閉的三扇房間門也不知何時敞開了。

正中央裡坐著一個人，他的周圍有著許多從來沒有見過的古怪設備。弄得屋子整個就如同化學實驗室。屋裡的人穿著警服，背對著我們。

「搞啥啊！」肥宅嚇了一大跳：「這些東西和這個人是從哪裡冒出來的。」

「東西和人一直都在。只是我們的視覺被遮閉了。甚至大腦也因為某種原因產生了錯覺。」我說道：「我也是在想清楚出現在沈科家的兒童房、出租屋的大門以及室內的那一堆鐵銹和血似的東西到底是什麼時，才明白的。」

「人眼中存在視錐細胞和視桿細胞兩種視覺細胞。視錐細胞能區分各種顏色，但對光的敏感度不如視桿細胞。視錐細胞主要分佈在視網膜中央，而視桿細胞主要分佈在四周。一個很簡單的道理，有時候我們晚上會有這樣的經歷，餘光瞥見了一團白色的東西，但直視時卻什麼也看不見了。所以我們以為自己撞鬼了。其實，那只是視桿細胞對光產生了反應罷了。」

我朝那安安靜靜背對著我們的人努了努嘴：「兇手掌握了一種能夠控制人類視錐細胞的方法，於是哪怕他就站在我們跟前，我們卻視而不見。他變成了隱形人。對吧，這場特殊的藍鯨遊戲的組織者，對了，同時也兼任懲罰者的兇手先生。」

「世上真有這種物質？」李子軒縮了縮脖子：「可以正大光明地幹邪惡的事情，簡直是無敵了。」

「也不是無敵。所以你的那個用大腦回憶的方法才會有效。因為雖然我們不會意識到化身懲罰者的兇手的存在，可大腦接著視桿細胞確確實實接收到了他的身影。所以當你將地形牢牢的記住後，只依靠記憶回憶。懲罰者的模糊位置就會出現在腦海裡。這是因為其實你明明是看到他了，可是卻有意無意地忽略了。」

「兇手掌握的那種物質類似於一種血液，只要他塗抹在身上以及別的物體上，就能起作用。甚至哪怕他的聲音被攝影鏡頭捕捉到了，可只要是用肉眼看，都注意不到他。他被人腦以及視桿細胞共同排除了。至於那物質到底是啥，從什麼地方找到的。兇手究竟想要幹嘛，策劃著什麼可怕的東西。就要靠您來親自回答了。」

我抽出了手槍，對準背對我的兇手：「對吧，張哥！」

「張哥？兇手是之前你審問我時，那個跟你一起來的東北大漢？」李子軒瞪大了眼，一臉的不可思議。簡直是太出乎意料了，那個看起來五大三粗說話耿直的傢伙，竟然就是這場可怕的藍鯨遊戲的懲罰者。

「對，我就是組織者，也是懲罰者。小夜，果然還是被你發現了。害得我還在你面前自導自演了一場被懲罰者拖走失蹤的苦肉計。」兇手苦笑著，轉過了身來。

魁梧的身材，一臉落腮鬍。確確實實就是張哥本人。

「張哥，你組織這場遊戲。扯掉同事吳嘉的腦袋，以及同事趙岩的手，甚至在昨晚策劃了七個員警的失蹤案。你究竟想要做什麼？」我看著他，神色裡全是黯然。雖然在腦子裡隱隱約約就想到了這個可能性，可他始終是一個如同兄長般的存在。從高中時期開始，張哥就很照顧我。我實在不想他淪落到這個下場。

「誰都會變的，我一直以為自己是正義的使者，眼睛裡容不下一粒罪惡的沙子。可是我錯了，不是容不下，而是那些沙子不夠大。每個人都有底線，我的底線很簡單，就是我妻子。」張哥的臉色很糟糕，但是聲音穩定，沒有一絲後悔。

他將故事緩緩敘述，平靜得猶如一攤死水。

張哥的妻子我只見過一面，模樣記不清楚了，因為那唯一的一面也看到的不是正面。只覺得是個很溫柔的人兒，跟張哥同樣都是員警。

員警的人生看起來很有社會地位，但是箇中辛苦只有他們自己說得清。特別是當兩口子都是當員警時。張哥夫妻倆忙得差點沒有性生活，更不要說抽空生養孩子了。這兩人也灑脫，乾脆一輩子不生到底。

直到一個多月前，派出所民警發現藍鯨遊戲已經進入春城，且已經擴散開。於是警方高層下令，讓張哥等人臥底，將傳播藍鯨遊戲且危害很大的某個組織連根拔起。

「其實那次任務很順利，在我們的努力下，很快就找到了那組織的成員脈絡。就在要將他們一網打盡的時候，意外發生了。」張哥還算平靜的臉頓時扭曲了，他的眼神裡全是痛苦：「我的妻子，死了。被殺掉了。這根本就不是意外。如果不是為了救吳嘉和趙岩兩個混帳，我的妻子根本就不會死。」

「所以你藉故殺了吳嘉，還砍掉趙岩的一隻手？為什麼？」我很不解，殺了吳嘉傷了趙岩，為什麼還要拿走他們的腦袋和手？

「吳嘉是一定要死的，他直接害死了我的妻子。」張哥冷笑著：「至於趙岩，失去一隻手，算我開恩了。畢竟他當時還有些良心，想去救她。」

「那昨晚警局失蹤的七個人，他們做了什麼。你為什麼要綁架他們？」我又問。心裡的疑惑隨著他的解釋，卻更加濃了。有一種悶在心裡的怪異感，讓我極為難受。

「他們七人，我有用。況且，你以為他們就是乾淨的了，為了那件事，他們就算犧牲了也罪有應得。」張哥冷笑的表情令人恐懼，他已經瘋狂了。

「那徐露和沈科一家子？」

「我不是個濫殺無辜的人。我綁架了他們，等到自己事成後，他們自然會被放出來。」

我打了個冷顫，有一股不好的預感：「事成之後？什麼叫事成之後！張哥，你到底在計畫什麼？」

對了，自己終於明白我為什麼總有一種喉嚨口哽著肥肉的感覺了。張哥的計畫根本就不是復仇那麼簡單。他組織了一場特殊的藍鯨遊戲；他綁架了至少七個人；他驅使一群參加藍鯨遊戲的人完成任務，幫助自己完成計畫。

他想幹嘛？

想到這兒，我猛地睜大了眼睛：「你該不會是想，復活嫂子吧？」

肥宅李子軒大吃一驚：「復活一個人，怎麼可能！」

「沒錯，我就是想復活她。」張哥笑了，笑得很開心，眼角帶著的淚水在笑容中彷彿是掛在臉上的水珠而已。

「怎麼復活？」我下意識地問。人死不能復生是古往今來的生物法則，沒有人能超脫這一準則。我不能、我的老闆楊俊飛不能。為什麼張哥，卻有那麼大的自信心？他只不過是個普通人罷了。

我死死地盯著他的雙眼：「是那次臥底散佈藍鯨遊戲的組織，你到底在他們組織中，發現了什麼？」

「那個組織的構架比我想像中更大。他們所圖的事情，絕對不止是散佈什麼藍鯨遊戲嚇唬一下小朋友。」張哥倒也灑脫，直接說了出來：「我發現了大量能讓我不會被人看到的藥水，還在一本古老得不知道用什麼語言的書裡發現了能令人起死回生的方法。那個組織很實在，將那方法用我認識的文字整理出來，還列舉了詳細的執行條件和流程。」

我極為震驚，這世上真有讓人起死回生的辦法？我的視線瞟向垃圾堆中的徐婆：「所以徐婆，到底發現了什麼。竟然慘遭毒手？」

「她發現了什麼。呵呵，你問我她發現了什麼。」張哥歇斯底里地吼道：「她發現了我埋在地裡的妻子。我好不容易才找到書上說的那種地，將她埋了進去。徐婆倒好，她將我妻子挖了出來。還老糊塗地把屍體丟掉了。你說，她，該不該死！」

「我恨不得殺她一千遍，一萬遍！」張哥的聲音陰惻惻的，嚇得肥宅直往我背後躲。

「不過徐婆的家倒是個好地方，殺了她後我就直接徵用了，當做我復活妻子的基地。」張哥繼續說著，似乎將一切都說出來，讓他舒服了許多，他看了看手錶：「該說的都說了。時間快到了！」

「什麼時間？」

「如果沒有意外的話，今晚就是我妻子復活的日子。我要去接我的妻子了。」張哥笑著，吐出一口氣。

我急道：「張哥，千萬不要去，雖然我不知道你用什麼邪法復活妻子。但是，從種種跡象證明，你方法絕對弄錯了。」

「小夜，你這個理由，可騙不到我。」張哥說完了這句話後，整個人就蒸發了，消失得無影無蹤。

我連忙閉上眼睛，腦海裡，卻沒有張哥的身影。他改造了徐婆的房子，不知從什麼隱秘的通道，在什麼時候離開了。

「走，我們也走。去救張哥。」我驚身喝道。

「那個叫張哥的那麼牛逼，連自己老婆都能復活的，還需要我們去救？」肥宅顯然被張哥對妻子的愛給感動了，他不想去阻止這對相愛的兩人。

「你沒搞懂。如果他真能復活得了自己的妻子，我也不可能傻乎乎地跑去棒打鴛鴦。」我非常著急。張哥的計畫很周密，他藉著藍鯨遊戲不知道收集到了多少資源。復活妻子的完成度，或許真的已經很高了。

但是從種種跡象表明，他妻子復活的方式有些不太對勁兒。

聽到了我的語氣中的急躁，肥宅縮了縮脖子：「那東北大漢真有危險。」

「真的有！」我一把拽著他就跑。

「到底生命危險嘛，你又不認真說清楚。喂喂，我們要到哪兒去啊？」

「去爛棺社區前的那個池塘。我猜徐婆把張哥妻子的屍體挖出來後，丟到了那個池塘中。」有一句話我沒有說。沈聰床下的怪物，身上的分泌物像是某種鐵銹。同樣的物質，我在那個池塘裡也發現了。

現在想來，一切都茅塞頓開。

當我們來到池塘前時，整個池塘的水都蒸發了。周圍的空氣滿溢著白色的霧氣，濕度極高。大量的魚蝦都被高溫的沸水煮熟了，剩下離得遠幸運沒事的魚，兀自在沒水的池塘泥土裡垂死掙扎，模樣淒慘。

我捏緊拳頭，一臉沮喪。

終究，還是來晚了！

尾聲

我打了匿名電話報警。

警方在池塘裡發現了至少十具屍體，其中有兩具已經不知為何高度黏合在一起，無法分開，也沒有辦法尋找這兩個屍體的身分。因為他們倆的肉體有融化的跡象，肌肉纖維都相互糾纏住了。

我很清楚，那就是張哥以及他的妻子。兩個人雖然沒有一起活下去，但是卻一起死了。死的時候骨肉相連，沒有人能夠將他們分開。

至少退一萬步，在某種程度上而言，這未嘗不算是一種幸福。

搞不懂張哥到底在那個組織裡找到的起死回生方法到底是怎麼回事，所以我從徐婆的家中，偷走了他的手機，又求著妞妞許下了很多賣國求榮的條約以後，才遠程替我解鎖。

李子軒很是唏噓感慨：「所以，那晚我們在池塘裡看到的那個叫救命的女人，其實就是張哥的妻子？她真的復活了？」

「或許吧。她是真的恢復了部分生命甚至意志，所以一直在阻止張哥犯傻。」我推測道：「先前，你準備綁架沈聰。恐怕就是張哥的妻子躲在床下，嚇唬阻止了你。

她也試著阻止張哥，不讓他復仇，可是失敗了。

「最後，她從池塘裡冒出頭來，希望把我們騙進池塘裡。恐怕是她為了拯救張哥最後的嘗試吧。可惜，我們沒理她，而她，又什麼都不能說。」我嘆了口氣。

「可是為什麼張哥會死了，還死得那麼慘？」

「很簡單，你讀過大學，應該知道劇烈化學反應的原理，就是兩種物質屬性相反。」我很惋惜：「張哥剛開始使用了令人可以變得隱形的藥水，可是只要是藥水，反覆使用後效果就會大打折扣。於是他開始往體內注射那種藥水。」

「而陰錯陽差。復活妻子的方法，雖然不清楚原理，可他妻子在復活途中的分泌物，卻正好與張哥使用的藥水屬性相反，會發生排斥甚至更可怕的反應。」

或許根本就不是陰錯陽差，而是那個組織的某種控制手段。張哥用根本就沒有掌握的原理和理論去搏一個渺茫的希望，最後的下場，肯定不會好。

死亡和生存，從來都是矛盾和統一的排斥體。從我用張哥妻子的體液扔向化身為懲罰者的張哥時，爆發出的那股劇烈的波動上看，就已經很明白了。

結局注定如此，哪怕僥倖他的妻子真復活成了人，兩個人，恐怕也永生永世不可能有肉體上的接觸。

不過，事情總算結束了。在張哥死去之後，隔了一天，沈科一家也平安地回家了，甚至打了電話給我報平安。

我的心也徹底放了下來。

自己一邊跟肥宅解釋，一邊迅速地在張哥的手機裡翻找。當我看到了手機中的一份文件時，一股惡寒，猛地從腳底爬上了脖子。甚至雞皮疙瘩都冒了出來。

身後的李子軒安安靜靜地坐著。

我緩緩地轉過身，盯著他看：「對了，我一直都忘了問你。當初在審訊室裡，你是怎麼知道我的名字的？」

「哦，這是我的第十二個任務。」肥宅大大咧咧地說：「第十二個任務要我，第二天向你問好。還詳細地描述了你的特徵和名字。」

我一步一步地往後退，警戒著，雙眼死死地看著他：「你第十一個任務都沒有完成。怎麼可能有第十二個任務？」

李子軒發現了什麼，一臉奇怪的模樣，無辜地問：「夜哥，你怎麼一嘴審問我的語氣。我做錯了什麼？」

「你做錯了什麼？不，你什麼都沒有做錯！」我一字一句地吐出這句話：「在張哥的手機裡，有他組織的藍鯨遊戲的人員名單。其中，根本就沒有你！」

「沒有我？」李子軒眨巴著眼睛。

背後，電視螢幕上正在直播著晚間新聞。就在這時，一個插播出現在電視裡。畫面上，在一團淤泥中，一個巨大肥胖的屍體在眾人的驚訝呼聲裡被打撈出來。屍體烏黑，身體殘破不堪，滿身都是被啃咬過的痕跡。

那咬痕，絕對不是河裡的魚蝦能咬得出來的。

真正的李子軒，從屍體腐爛程度判斷，恐怕死了一段時間。那一直以來跟在我背後和我查案，和我關在同一個拘留所中，被我審問的李子軒，又是誰？

我的脖子僵硬，艱難地問道：「你到底是誰？」

「我是，誰？」李子軒的臉上露出了詭異的笑容，聲音也從流暢的中等男音，變得嘶啞甚至斷斷續續起來。最後，音線也破爛了，只剩下機械聲：「夜不語先生，你猜，我是誰！」

一個難以置信的想法冒上了腦海，我驚恐道：「你是李子軒的等身人形 PVC！」

李子軒笑得更詭異了，他隨手放在我身旁不遠處的手機，就在這時抖動了一下。

一個令我很熟悉的畫面彈了出來。

那是一隻鳥，一隻我上個案子見過許多次的怪鳥。尖尖的紅嘴，古怪的翅膀，還有長長的三根尾羽。不同的是，這個怪鳥的形象，做成了平面的徽章。

怪鳥徽章的最下方，是一行小字

——藍鯨遊戲第十三個任務

殺死，夜不語。

說時遲那時快，李子軒的皮膚融化了。他的身體發出了奇怪的咔咔聲。

「不好。」我大叫一聲，慌忙間撞碎了最近的一扇窗戶玻璃，想要跳出去逃生。

可惜，已經太晚了。

李子軒，爆炸了！

強烈的衝擊席捲了空間中的一切，最後，只剩下狂暴的死亡氣息！

後記

秋。

好像沒有任何過渡，就厚著臉皮不請自來，早上，那一絲絲的微涼似乎要把身體的所有溫暖都抽去。

說實話，這幾天的天氣挺好的，所以我人也勤快起來。不不不，這當然不是我藉著勤奮寫稿的由頭，實則是覺得天太熱不想帶餃子出門玩找的藉口。

我是真勤快了，你看看，最近咱出書的速度也提高了。

嘖嘖，成都的天氣，說變就變。在寫這本書的短短幾十天中，鬼知道，我到底經歷了什麼！

從高溫三十八度，陡然降溫降雨到二十六度。然後再次高溫到三十九度。前天開始，又猛地降溫到了最低十八度。老天爺，您真的不是看小孩暑假玩得瘋瘋癲癲的，看不順眼，覺得自己沒假期所以像個孩子一樣的，給孩子的父母搗亂發脾氣嗎？

我把餃子關在家裡她說悶、無聊。我把她甩出去玩，太陽又太烈。我這兩個月是實在沒辦法了。

幾天前熬過了漫長的暑假，終於把她送回了幼稚園。第一天，特意不工作不寫稿，給自己放了一整天的假。牽著妻子跑出門胡吃海喝。吃太多，第二天差些得了急性胃炎。

所以老天爺果然是在懲罰我吧！

一轉眼，成都的天空已經沒有太陽八天了。我直到現在都還沒有回過味來。你們想想，從通宵開空調，不開空調就會死掉，命完全是空調給的那種天氣，到蓋厚厚的棉被不然晚上根本會冷瘋、冷得鼻涕都會流出來的那種天氣。之間，只間隔了十二個小時而已。

不扯了，回歸正題。來說說這本書吧。其實想寫類似的題材很久了。藍鯨遊戲剛進入國內的時候，我就關注過，還寫過一篇很長很長的警告在雜誌上刊登過。

不過年輕人的好奇心，實在是太重了。重得就算有危險，也明知道最後肯定有危險，竟然還往裡邊跳。

光說在成都，我所知道的好幾個小學生和初中生都有嘗試玩藍鯨遊戲。其中有一些，還是自己親戚的小孩。這個遊戲的危害有多大，恐怕只有玩過的人才知道。

跑來找我諮詢的親戚小孩晚上睡不著、恐慌，害怕自己的藍鯨遊戲還沒有結束，自己還沒有精神崩潰或者自殺，會有人隨時找上門來殺掉自己和他的家人。

我再次深入地潛入藍鯨遊戲在成都的幾個群體，發現這遊戲已經蔓延得很廣了，而且情況觸目驚心。

藍鯨遊戲完全屬於心理層面的，不斷地自我否定和自殘，甚至自我催眠。如同毒品一樣，所以在這裡，筆者希望大家，最好不要去嘗試。

至於這個故事裡肥宅家中的等身人形PVC，筆者本人的書房櫃子裡也有許多人形PVC。有時候寫稿或者工作到深夜時，偶然一回頭，不小心用餘光瞟到了書櫃中那些形形色色的人形PVC時，經常被嚇一大跳。

總覺得白天還粉嫩嫩的可愛人形PVC們，一到晚上就會變得陰森起來。那一雙雙眼睛，在夜色中，就像直勾勾的看著筆者似的，恐怖得很。

說來也唏噓，《夜不語詭秘檔案》系列已經到第九部了。很多時候都在迷茫，不知道還該不該繼續寫下去。畢竟這個系列的世界觀，跨越了整整十七年，很多地方已經沒辦法跟上時代了。

哎，還是那句話，希望大家繼續支持本人的小說，謝謝。

夜不語

夜不語作品 27

夜不語詭秘檔案903：藍鯨遊戲

國家圖書館出版品預行編目資料

夜不語詭秘檔案903：藍鯨遊戲／夜不語 著.
一 初版. 一 臺北市：春天出版國際，2018.12
面；　公分. 一（夜不語作品；27）
ISBN 978-957-741-179-2（平裝）
857.7　　107021433

ISBN 978-957-741-179-2
Printed in Taiwan

作者	夜不語
封面繪圖	Kanariya
總編輯	莊宜勳
責任編輯	黃郁潔
美術設計	三石設計

出版者	春天出版國際文化有限公司
地址	台北市信義區信義路四段458號3樓
電話	02-7718-0898
傳真	02-7718-2388
E-mail	story@bookspring.com.tw
網址	http://www.bookspring.com.tw
部落格	http://blog.pixnet.net/bookspring
郵政帳號	19705538
戶名	春天出版國際文化有限公司
法律顧問	蕭顯忠律師事務所
出版日期	二〇一八年十二月初版
定價	170元

總經銷	楨德圖書事業有限公司
地址	新北市新店區寶興路45巷6弄6號5樓
電話	02-8919-3186
傳真	02-8914-5524